你是我
疲惫生活里的
温柔梦想

Believe in Love

百勒丝 / 著

Pai.Le.Szu.

光明日报出版社

别害怕，你就是最棒的女孩。

没有人是天生就勇敢的，勇气是需要反复练习的。

相信自己内心的声音，努力成为你想要的样子。

恭喜你！你找到自己了！

给女孩们的话

我们都曾经在爱里迷惘、受伤，

没有任何伤痛是过不去的，时间绝对会冲淡一切，

甚至把你变成另一个人。

但是，一定要记得，人都是要越来越好的，

保持着你喜欢的样子不为谁改变，

除非那也是你想改变的缺点。

唯有这样，才能遇见真正喜欢你所有的那个人，

你的心才能真正地自在。

学习爱和被爱的过程中，

我们会一起成为很棒的人，我们也会一样快乐地笑着。

别害怕，你就是最棒的女孩。

不论是单身，还是两个人，

都要成为自己喜欢的样子，这才是最重要的事。

第一章　爱，是一种不死的欲望

对我来说，爱情里最美的一句话，就是"不离不弃"。在还没有结婚之前，不懂这句话的深义；如今，看着眼前自己深爱的人，我清楚地明白，他的心也和我一样，他是我生命中最重要的另一半，是我的知己，是我的左右手，是我不可失去的灵魂伴侣……我们紧紧守护着彼此，实实在在地感受着每一天的幸福。

第二章　愿你成为自己喜欢的样子

相信自己内心的声音，努力成为你想要的样子。你可以买下那件自己明明很喜欢，却在心里嘀咕着"这种衣服要什么时候才穿得到呢"的洋装，隔天就穿着它去逛街、喝咖啡，无须在意别人的眼光，因为这就是你！

当你拥有了自己喜欢的样子之后，我必须说："恭喜你！你找到自己了！"

第三章　勇敢，相信爱

亲爱的！没有人是天生就勇敢的，勇气是需要反复
练习的。在你厘清了自己的所有感觉，看清了自己
想要的是什么，也明白了自己真正需要的爱情以
后，时间会带走一切。而当从前那些爱与恨都消失
殆尽时，有一天，那个疼爱你的人就会带着微笑，
走到你面前。

对我来说，爱情里最美的一句话，就是"不离不弃"。在还没有结婚之前，不懂这句话的深义；如今，看着眼前自己深爱的人，我清楚地明白，他的心也和我一样，他是我生命中最重要的另一半，是我的知己，是我的左右手，是我不可失去的灵魂伴侣……我们紧紧守护着彼此，实实在在地感受着每一天的幸福。

Chapter_ONE

爱，是一种
不死的欲望

准备好去爱的时候

　　在追求爱情的路上，我是这么辛苦地走来，当身心都成了梦寐以求的模样后，发现许许多多以前的"我"也正追寻着我的脚步；因此，我更昂首阔步地向前走着，想要扶持你们一把，希望你们也能安全地降落在想要追求的幸福里。

原以为，天气可能会再多冷个几天，将挂在矮墙上的盆栽浇完水后，甩干手上的水滴，一转身，就看见洒在阳台上暖乎乎的阳光；看着蓝蓝的天空，我不禁趴在窗台上，发起呆来……

突然想起，很久以前有位女孩写私信给我，问我在面对网络上从四面八方涌来的情感类问题时，如何能够耐心地回复那些求助的信件。

我记得当时的回答是："因为我也走过同样的路，我也曾经摔落在很低很低的地方，遥望着那位在我心中最高处闪闪发光的女孩，渴望自己能活得像她一样，希望我唯独写给她的那封信能够得到响应，即使只有一句'加油'也好……所以，现在的我很乐意这么做，我希望让你们能因此拥有足够的勇气，去拥抱属于自己的下一个美好阶段。"

她听完我的回答之后，对我说："我好像看到你一个人在溺水中痛苦地挣扎，可是在辛苦地爬上岸后，擦干了大把鼻涕眼泪，又回头救人的模样……"

我常想，也许是因为自己并没有一开始谈恋爱就一路风平浪静地走到现在，也没有很顺利地立刻就遇到那个对的人，然后步上红毯的那一端，所以才会有现在"人溺己溺"的我吧。

很多人问我："要怎么样才能像你和雷门一样相爱？"我不忍心告诉他们的是，如果要"像我一样"，你可能得先经历至少被两个男友劈腿的经验，以及结交几个事事都喜欢和你比较、总在暗地里与你为敌，甚至还会背叛你、跟你男友上床的好友。

前提是，在交往期间，你对于这段感情始终保持着非常专一的态度，对男友更是言听计从。

然后，有一天，你亲眼看见男友带第三者回到你们共同的家，他为对方准备中餐却没有你的份，仿佛将你视为空气一样，摆明了脚踏两条船，却又完全不在意你的感受。当你跪在地上哭求他不要走的时候，他一脸嫌恶地看着你，可能还会揍你。

尽管你对男友付出了全部，此时此刻，他却不会对你负起任何道义上的责任。就算你在残破的生活中正面临着失去亲人的打击，内心受了伤，需要他的肩膀扶持和安慰，他也无动于衷。

此外，他也可能半夜把你丢在马路边，同时贬低你的话脱口而出，让你不敢相信，自己刚才究竟听见了什么。你因为再也没有

办法继续承受接二连三的打击而内心大崩溃！但即使你用力地甩上门，将心爱的东西摔得粉碎；或是努力压抑着、忍耐着不让自己的情绪爆发出来，而用指甲抓红了自己的手臂，最后还是用尽了身上的最后一丝力气，失控地尖叫哭泣……以前总是将你摆在第一顺位的他，仍然视若无睹地看着这一切。

你不明白，为什么你们之间明明没有发生什么问题，你对他的爱也完好如初，但有一天，他说不爱，就是不爱了！接下来，你可能会失眠两年，靠着安眠药才能入睡，过着以泪洗面的日子。

你对于这段感情的茫然不解，随之而来的歇斯底里，可能会让那些受不了你随时会因为悲从中来而情绪失控的朋友，开始避而远之。就像骨牌效应一样，你在工作、学业上开始感到力不从心，渐渐脱离了日常的生活轨道，整个世界也瞬间崩塌下来……

此外，你变得人格扭曲，不断咒骂着恋爱中的每个人，对这个世界感到彻底绝望。

你的脸上不再有笑容，对每个人都充满了敌意，甚至心里萌生了一股想要轻生的念头。看着过去照片里的自己，那种青春又单纯的模样，然后再看着手上的烟，和镜子里浓浓的眼妆；你不知道，自己何时变成了眼前这个总是眉头深锁、一脸冷漠，不再讨人喜欢的女孩……

　　而上述的这些过程，都是我曾经历过的。

＊　＊　＊

　　在这段人生的黑暗期中，我遇到了一些对我非常好的男人。我常常问自己："当初没有选择他们的理由是什么？"也许我身上仍然带着上一段感情残留下来的阴影和后遗症，所以当我注视着他们的眼睛时，仿佛也看到了从前的自己。

　　我其实很懂得他们的付出，以及想要获得的东西，但是，当下的我一心只想拔出插在自己身上、血流如注的刀，往别人的身上捅……在结束大开杀戒的过程之后，伤痕累累的我又回到最初的位置，继续在爱情里蒙着眼、浮浮沉沉；反反复复地深爱着伤害自己的人，伤害着深爱自己的人。

你是我
疲惫生活里的
温柔梦想

　　曾经有好多个辗转难眠的夜晚，我被不够坚强的自己内心所承载的负面情绪给彻底压垮！没有人告诉我下一步该怎么办。于是，我只能重新穿上一层又一层厚重的战袍。

　　其实，一开始我并不想发出任何攻击，我只是想保护自己。有时，我忍不住自问："到底需要多久的时间，经历多少波折，才能造就出想要的爱情？"我渴望爱情的甜蜜能够冲淡原有的愤世嫉俗、偏激和不安全感，帮助我打开心扉，成为一个正常人……

　　直到过了很久很久以后我才明白，许多的问题，其实都只能靠自己的力量去解决！

　　在爱情里荒唐了十年，我一直用自以为对的方式，傻傻地、努力地追求着可望而不可即的爱情，但换来的一道道伤痕却狠狠地烙印在我的心底，反驳着每对相爱的恋人、试图带给我希望的朋友和那些真心对我付出的好男人。

　　曾经我对爱情有很多的不理解，如同别人对我的不谅解一样。于是我踏上那条连指路标都是问号的爱情道路，做着从前他对我做的事，说着他曾经对我说的话，只为了在这趟旅途中得到具体的答案，好用来推敲他当时的想法。

可是，就像将铜板往上抛，落地时的正反面往往不一定是你所猜想的。我永远也看不清楚对方的选择是什么，最终还是得不到自己想要的结果。

一直想表现出最初的我，让你看见我最初的心，并且相信那份执着之心总会被人好心地拾起。但是，七年、八年、九年、十年过去了，在爱情中奋力挣扎的我，已经和自己拉锯得很累、身心俱疲了！有一天，当我不再做困兽之斗时才发现，那些像是鬼魅般如影随形的人、事、物已不再影响着我；而当我调适好自己，准备重新出发的时候，我遇见了雷门……

此时，对于自己在情路上一路跌跌撞撞走来所经历的种种，我写下了"值得"两个字。

❊ ❊ ❊

如果你问我，要怎么样才能像我和雷门一样相爱？

我想说的是："两个人有一样的心，互相珍惜。"

在追求爱情的路上，我是这么辛苦地走来，当身心都成了梦寐以求的模样后，发现许许多多以前的"我"也正追寻着我的脚步；因此，我更昂首阔步地向前走着，想要扶持你们一把，希望你们也能安全地降落在想要追求的幸福里。

我很庆幸，在你们到达爱情的彼岸前，还有人记得回过头跟我报平安，让我知道，我说的那些话、做的那些情都算值得。除了雷门，有你们在我的身边为我喝彩，就是我的人生中最幸福的拥有。

遇见对的人

如果你问我，两个男孩之中，到底要选择哪一个？

答案很简单！当你遇见了一个可以让你怦然心动的人，你不会问别人："你觉得他怎么样？"你也不会去认真思考："他真的是对的人吗？"而是信任自己的直觉，一心一意只想紧紧抓着他的手，与他天长地久地走下去。

当Mr. Right真的在你的生命中出现时，你是不可能轻易让他错过的。

曾经有个女孩传私信给我，问我："百百，我身边有两个男生都对我很好，他们也同时追求我，你觉得我该选择哪一个呢？"

接着，她分析了两个男孩的优缺点，以及她想要的条件，询问我的意见。看完这封信，我只是笑了笑。

我也曾经有过类似的经验，但当时的我并没有选择和谁在一起。因为在感情中心力交瘁、愤世嫉俗的我，清楚地知道自己并不适合谈恋爱，也没有办法投入正常的恋爱关系中，对于男人仍然抱持着憎恨的态度……

一年的时间过去了，继续锲而不舍地追求我的男人，让我开始认真地思考与他的未来……

身边的朋友都觉得他专情又体贴，是个好男人。没错！他真的是一个能给我安全感的结婚对象。大家都说，找老公就是要有房子、有车子又有钱。好吧！他全数通过！

好了！大家的意见我参考过，他好像得到满分了，那我自己呢？

我仔细回想和他相处的过程，发现我们之间似乎少了那种天雷勾动地火的火花；当我们凝望彼此时，并没有深情款款的爱意在眼神中流转，也没有那种电影里浪漫无比的背景音乐在心中响起……

"我爱你，我们在一起好不好？"面对这句话，我从来没想过竟然会如此难以回答。这已经不是"好啊""抱歉，我觉得我们不适合……"就能蒙混过去的，因为我清楚地明白，我要决定的将是我的未来，下半辈子的幸福。

难道我们真的可以为了"需要"，而去选择一个只是"不错"而已的人？

难道我们的幸福快乐是做给其他人看的？只要对方看起来是个好男人，家人、朋友们也都一致认同他的好，就可以携手走向未来？

我不喜欢用外在的条件去判断一个人，我知道看起来最体面的不一定是个好人，而我总是被拿来和外表清纯、像是好妻子模样的女孩子做比较。

大致上来说，那些细心呵护我、将我照顾得无微不至的男人，

你是我疲惫生活里的温柔梦想

都是不错的结婚对象，但他们的眼里似乎总少了点什么。我很想知道，在他们眼中，卸下了一切外在条件的我，跟他们身边的其他女孩有什么不同？

我需要一个懂得疼爱我、照顾我、生存能力相仿的人，当这些条件都逐一吻合，是否他就是"对的人"？但是，那些小小的默契、感动的片刻、温柔的眼神、妙语如珠的对话……难道不重要吗？

"需要"和"想要"，这两种选择始终困扰着我，选了一边就没了另一边。我还记得，当我请对方给我几天时间思考之后，这些有如澎湃海浪般的自言自语，不断地在我的心中翻腾：

"以前我爱的人都背叛了我……"

"是不是我最爱的人，永远都不可能给我幸福？"

"难道爱情就是这样？我心中那些美丽的幻想永远不会实现？"

不！这不是我想要的结果。

或许是老天爷实在看不下去我这般戏剧化的人生，在我的激进人格开始分裂时，2010年我遇见的那个人，顿时解开了我所有的疑惑。

他知道我会哭、会笑、会犯错、会迷路、会发怒、会心碎……包容了我的所有。

我很庆幸，在经历过几段失败的感情后，我和雷门的恋情就像每天都要喝水和呼吸一般，很自然地发生了！从见到雷门的那一刻起，我就在心里打定了主意，想要牵着他的手，一路走下去。

面对他，我不需要去问个清楚明白："你喜欢我吗？"或是"我们之间算什么？"因为两人心中已经认定了彼此。他让我能够随时卸下心防，活得更轻松自在。这种感觉真的太奇妙了！

当雷门走进了我的世界之后，一瞬之间我就明白了，自己在爱情中编织过的美丽幻想，都是真实的。

如果你问我，两个男孩之中，到底要选择哪一个？

答案很简单！当你遇见了一个可以让你怦然心动的人，你不会问别人："你觉得他怎么样？"你也不会去认真思考："他真的是对的人吗？"而是信任自己的直觉，一心一意只想紧紧抓着他的手，与他天长地久地走下去。

当Mr. Right真的在你的生命中出现时，你是不可能轻易让他错过的。

相爱的条件

有时候，恋爱就像玩马里奥的闯关游戏一样，无论中途遇到了多少次卡关，失败了无数次，那股不认输、不气馁、老娘一定要破关的毅力，最终一定会带领你们，到达白马王子的身边！而这个美好的结局，绝对值得你用一辈子的时间去交换。

　　我曾经喜欢过一个男孩，他告诉我，喜欢皮肤白、骨瘦如柴的女孩。于是，我开始拼命减肥，甚至在进食后冒着生命危险催吐。

　　为了他，我不敢多晒太阳，只希望自己成为他喜欢的模样后，可以让他多看我一眼。

　　我想象着我们一起出去的时候，他深情款款地看着我说："百，你好像瘦了，而且变白了！你也知道，我最喜欢你这类型的女生了。来，我们交往吧！Je t'aime（法文：我爱你）！"

　　但是，这一切都只是幻想、幻想、幻想啊……他不仅没有看上（或者说看见）我，后来我也得知他暗恋的女孩一点也不瘦，而且皮肤还很黑！所以，感情这件事不是努力改变自己就可以得到的啊！

　　很多人在找另一半时，都会设想一些有的没的条件，可是往往却没意识到，你喜欢的那种个性，眼前的这个人并没有；而他想要的那些优点，其实你的身上也没有。

　　少女情怀总是诗，我们常常会替自己将来的另一半设想一些外在的条件，譬如身高185厘米、长得像金城武、双眼皮、个性温柔又体贴……吧啦吧啦地列出一长串条件！

你是我
疲惫生活里的
温柔梦想

只是，在某个月黑风高的失眠夜里，当你蓦然回首，看着躺在身边的另一半，忍不住问："说好的金城武呢？"

是的，在爱情中，最终往往还是"感觉"战胜了一切。

当爱情来临的时候，你的心中会掀起一阵涟漪，告诉你："这就是爱！"

有些女孩常会钻牛角尖地想："为什么我这么爱他，为他付出了这么多，他还是不爱我？"这种又臭又长的申论题，只会让你陷入无底深渊，因为爱情是没有道理而言，也无法强求的。

为什么你从来不曾发现，一切都只是因为自己单方面地付出，并且还天真地幻想着，只要改变自己，成为他喜欢的样子，就能赢得他的爱情呢？

过去我常觉得，要找到和自己一样，对于许多小事充满热情的另一半是一件困难的事。但是，或许是命中注定吧，真的就是有那个人在那里！等你经历了所有在得到真命天子之前必须修完的爱情课程，并且符合资格后，他就会出现在你面前。

有时候，恋爱就像玩马里奥的闯关游戏一样，无论中途遇到了真正爱你的人，一定会想办法让你过得更快乐。

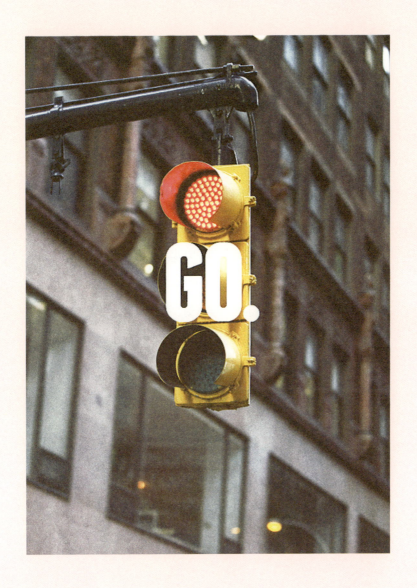

多少次卡关，失败了无数次，那股不认输、不气馁、老娘一定要破关的毅力，最终一定会带领你们，到达白马王子的身边！而这个美好的结局，绝对值得你用一辈子的时间去交换。

太年轻的时候，我们还不太懂爱是什么，一两句歌词就能把心伤透；因为他开心，你就感到开心。因为他喜欢短发，你剪去了一头乌黑亮丽的长发，却从来没想过，真正爱你的人，他会因为你而喜欢上长发。他喜欢温柔贤淑的女孩，所以，你在忙碌的工作之余，抽空煮意大利面给他吃，为了他熬夜煲汤，却不知道，真正爱你的人就是喜欢你的个性，包括你的骄纵任性，连碗都舍不得让你洗。

你为了爱所做的一切，不应该只是单方面的牺牲；而是你也要发自内心地快乐，因为真正爱你的人，一定会想办法让你过得更快乐。

爱情就是要为我们的人生带来快乐的；倘若你拥有了这段感情之后，却一点也不开心，活得一点也不像自己，那么，为什么还需要它呢？

最完美的幸福

两人在一起时，永远是开开心心的，就连遇到堵车时，也能大肆地高声合唱，互相比画最夸张的舞步，让整台车子晃啊晃的！

去逛大卖场时，我们因为要各自挑选商品而分开，但最后却跳着霹雳舞的舞步，随着卖场播放的舞曲节奏慢慢向彼此靠近……他甚至不在乎众人异样的目光，把我当作人形立牌一把扛走，我在他的肩上，笑得花枝乱颤，快乐得不得了！

和雷门相识，是在一个平淡又无趣的下午（对当时单身的我来说）。

那个月有我的生日，所以我决定买一部刚上市的智能手机，以及给自己做一个脖子上的刺青，作为纪念。

在刺青的过程中，我不断地研究着新手机，但手残的我始终摸不着头绪。这时候，男性友人H打电话来说，想来刺青店看看我的刺青进度。

原本，我并没有打算要见客，甚至穿着睡衣就跑去刺青，打算刺完就回家休息的。但是，尽管我百般推托，H还是来了！他的目的是想把我拉去跟朋友一起喝咖啡，所以就用了"手机达人也在那里哟"这个烂理由，逼着我一起去赴约。

看在手机的分儿上，我还是去了！

到了咖啡店，我的手机突然响了！电话那头传来好友桃撒娇的声音："百，你在干吗呀？"

我说："我在喝咖啡呀！怎么了？"

桃："没有啦！因为我就坐在你隔壁，哈哈！"

挂上电话，我转过头去对着隔壁桌的桃说："你真的很无聊欸！"然后，包包一拎，就告别了H和手机达人，移到隔壁桌去坐，此时也看见了同桌的雷门。

在我们相遇的前几个月，雷门曾和朋友在便利商店里翻阅杂志，当时他们翻到有个女孩双手都是刺青的画面，朋友问了雷门："如果这个女生要当你的女朋友，你会跟她在一起吗？"雷门看了看杂志，就说："嗯，如果她爱我的话，好啊！"

一个月后，有一天雷门早上起床，不知哪根筋不对劲，毅然决然地打电话给老板提出了辞职，离开高雄，来到台中找工作。

如果那天我没有买新手机，就不会被H拉去喝咖啡；如果我没有坚持接拍那本杂志的专题，雷门就不会像是收到老天的暗示一样，在杂志上看到我……

如果雷门没有突然选择了离职，他就不会出现在台中；桃没有开玩笑地打电话给我，我就不会遇见雷门，我们不会在一起，更不可能结婚……这一切只能说是上天的安排。

* * *

有一次，我到台北跟久违的朋友吃饭，那天雷门要上班，所以没有陪我一起去。

结果，晚上回到台中时，一下了客运，就看见他手里拎着安全帽，微笑地站在下车处等我。

他从家里走到客运车站，至少要半个小时的路程吧。而他也没有因为我不在家，下班后就自己找其他事情做，还跑来客运车站迎接我，真的让我很感动！我见到他后，立刻惊喜地跑过去抱住他，心中也生起了一股强烈的感受：

"他的心里，真的只有我……"

或许这种少女情怀，是年轻时疯狂恋上一个人时才有的悸动，但是对我们而言，在生活中维持着这种热情，真的只是"一片小蛋糕"（piece of cake）啊！

某天，下班的时候，雷门很开心地拿出手机，跟我说："我今天设计了一个字哟！"

我瞄了一眼，心想："哦！就是把雷门两个字组合在一起啊！"所以听他讲解如何构成这个字时，反应一直淡淡的。

回到家之后，我在厨房里煮消夜，他又提起了这件事，我因为实在太饿了，表情还是很冷漠，心想着："你到底要讲几遍啊！"

睡前，他又给我看了一次这个字，还设成手机桌面。这次，我真的忍不住了！立刻说："刚刚下班在外面吹风，人家都快冷死了！你就只知道一直讲你的字！回家后，我快饿死了，你还是一直讲这个字！我的手机桌面都放我们的合照，你就只放你自己的名字！"

雷门困惑了一下，然后对我说："这也是我们两个人的名字啊……"

我冷静下来，仔细地看了看这个设计，然后就听见雷门轻声地对我说："你看！你的百，在我心脏的位置。"

然后，我因为太感动又内疚，忍不住哭了！哭得他都觉得不可思议……

* * *

雷门的贴心，从婚前直到现在，都没有改变。

即使银行就在工作室的隔壁，每当晚上我要去银行刷簿子时，他还是会自告奋勇地陪我去。

有时起得比较晚，我自己从家里开车去上班，他也会从店里走出来，到后面的停车场接我，再牵着我的手一起走回店里。他不希望我一个人时，有任何遇到意外的可能。

同样的，如果哪天我没去上班，一到了雷门应该到家的时间，地下室监视器里若还没出现他的身影，也会让我心急如焚。

我想，可能是因为我们夫妻俩都有"被害妄想症"的缘故，加上彼此都深深觉得"你就是这世界上最适合我的人"，所以两人之间这种"如胶似漆"的关系，只会越来越浓烈。

电影里的浪漫情节出现在我们身上，完全是稀松平常的事。看来，大家是无法甩掉我们身上的闪光弹了！虽然我压根不觉得这样很闪。

我们一直走在彼此的"安心地带"，走得很开心。

　　从婚前到婚后，我们一直走在彼此的"安心地带"，走得很开心。我们会一起讨论生活里遇到的每一件事，决定接下来要做的每一件事情，即使是鸡毛蒜皮的小事，甚至是超无聊的事情，也乐此不疲。我们毫不藏私地分享着自己心中每一丝细微的感受，和偶尔出现的小邪恶。

　　从一开始恋爱到现在，其实我们就不怎么害羞，也不懂得掩饰在一般人面前不可能显露出来的一面……我们坦然接受彼此的一切，而且在越来越相爱、越来越黏腻之后，也觉得对方好像没什么缺点，哈哈！

　　我真的觉得跟雷门在一起，有一种"大解放"的感觉，常常笑到像疯子般发神经，或是不计形象地放声大哭。

　　无论我扮出他觉得我丑到爆的牙龈鬼硬要亲他，或是转身对他放完一个超大声的屁，然后说："送你！"他还是最喜欢我。

　　无论我怎么整他，趁他单脚绑鞋带的时候推倒他；在他洗完澡、擦干身体后，全身都是泡泡地去抱他，他还是最喜欢我。

　　骑车时，他把我的手轻轻拉起并围绕在他的腰上，让我觉得自己的手本来就应该摆在那里，一点也不觉得别扭、害羞。

两人在一起时，永远是开开心心的，就连遇到堵车时，也能大肆地高声合唱，互相比画最夸张的舞步，让整台车子晃啊晃的！

去逛大卖场时，我们因为要各自挑选商品而分开，但最后却跳着霹雳舞的舞步，随着卖场播放的舞曲节奏慢慢向彼此靠近……他甚至不在乎众人异样的目光，把我当作人形立牌一把扛走，我在他的肩上，笑得花枝乱颤，快乐得不得了！

❋ ❋ ❋

有一阵子，经常有雷阵雨，下班回家后，当车子开到地下室时，雷门突然指着雨刷，对我说："欸，看这个雨刷，让我想到一部电影耶！"

我举手说："我知道！侏罗纪公园！"

雷门立刻紧急刹车，惊呼："天啊！你怎么知道？"

有时聊天时，他没头没脑地说一句："你不觉得……"我立刻

你是我
疲惫生活里的
温柔梦想

接着说："有！我也觉得！"接下去说出他想要讨论的话题。

我真的觉得我们是超有默契的夫妻档，常常吃一样的东西，想一样的事情，同时迸出一句超冷门的话。

逛街时，我们会同一时间念出路边的招牌，哼唱起同一首歌，跟朋友对话时讲出一样的答案。

吃饭时，我们点一样的餐，喝一样的饮料；各自分开逛街再回到原处时才发现，我手里拎着送给他的男装，和他买给自己的竟然是同一件！

在二人世界里，我们白天吵吵闹闹、打情骂俏，到了晚上再一起打着呼噜沉沉睡去……我们像是一对热恋中的情侣，并且一起做着自己喜欢又有趣的工作，一逮到机会就出国旅行，生活得充实又快乐。

现在，我们买下了属于自己的工作室，完成人生中一个值得纪念的里程碑，也买下了梦想中的车子，一台送给爸爸，一台载着我们四处跑。接下来，我们计划要认养一只又大又傻的狗狗，以及拥有一个可爱的小baby。

　　我们从一见钟情到结婚已四年多了！我常想，如果没有遇见雷门，自己可能还在"脸书"上发着"什么是爱呢"这种无病呻吟的文章吧。我从来没想过自己可以得到这种完美的幸福，但是，因为爱，我拥有了这一切。

你是我的女朋友，也是我最好的朋友

在经历了一连串感情的风风雨雨之后，我认真地决定要做自己，并且也想要毫不保留地让喜欢我的人知道："这就是我！"

我渴望拥有的恋爱对象能够喜欢最真实的我，我不会因为对方不喜欢我怎么样，就改变自己、努力地迎合他，除非那也是我想要改变的地方。

　　结婚前，雷门总是会说："你是我的女朋友，也是我最好的朋友。"

　　即使结了婚，看着彼此，我们还是会觉得，能够从初识一路走到现在，真的是一件不可思议的事。

　　对我来说，雷门还是当初那个坐在咖啡座对面，让我不太敢直视、和他说话的大男孩。当时为了掩饰自己的害羞，我假装和同桌的女孩聊天，表面上显得落落大方，其实一直在偷看他。

　　后来雷门对我说，第一次见面那天，他看我和其他女生聊得很开心，曾经试图想要和我说话，可是我似乎没有想要理会他的意思。于是，他只好摸摸鼻子，默默地把身体缩回原位。

　　听完他的话，我又吃惊又觉得好笑，因为当时的我完全没有意识到他的这个举动。仔细回想，当天我不仅没有化妆，身上还穿着睡衣，看起来一副邋遢的模样，实在无法理解，他为什么会追我呢？

✳ ✳ ✳

　　多年来，在感情的世界中，我一直都扮演着照顾者的角色，包括照料对方的衣食住行和账单。在遇上雷门之前，我从来没有体会过被紧紧捧在手心的感受。

　　以前的我，就是那种会让亲友团们忍不住吼道"你清醒一点好不好"的女生。

　　在爱情路上经历的那些波折，荒腔走板的剧情，夸张到说出来都会变成笑话。当然，这些都被我归类在"记得当时年纪小"的档案里，我常开玩笑说，这是自己太天真"烂"漫又清"蠢"，加上被幻象遮眼造成的结果。

　　在经历了一连串感情的风风雨雨之后，我认真地决定要做自己，并且也想要毫不保留地让喜欢我的人知道："这就是我！"

　　我渴望拥有的恋爱对象能够喜欢最真实的我，我也不会因为对方不喜欢我怎么样，就改变自己、努力地迎合他，除非那也是我想要改变的地方。

因为有了彼此，我们决定要让自己变成一个更好的人。

　　这样的决定果然是对的，因为雷门确实喜欢上最真实的我！我和这个疼爱我、包容我、陪伴着我一路成长的人，一起在生活中追求平淡安稳的幸福。

　　"很多时候，我看着你，依然觉得很感动呀！"雷门说。我也相信，这辈子，他都会在我的身边，守护着我。

　　以前我们都没有认真想过将来会怎样，但因为有了彼此，我们决定要让自己变成一个更好的人。

❋　❋　❋

　　一生中，能遇到几个真正了解你，会陪你一起疯、一起嬉闹、一起搞笑，听见了舞曲还能站起来尬舞的知己？能遇到几个了解你、又用你喜欢的方式去喜欢你的人？我不敢说会有几个，因为我活到了现在，只碰见雷门一个！

　　结婚前，雷门说过一句："你是我的女朋友，也是我最好的朋友！"一直到现在，这样的关系依然没有变过（除了从女朋友变成老婆啦）。

　　我很庆幸，这辈子能够在茫茫人海中找到雷门，他让我的心中充满爱，相信爱，使我的生命更完整，他也是我的人生中最精彩的篇章。

结婚是我们这辈子最棒的决定

　　一个人的生活到底还要多久？也许是我不够好、不够贴心，长得不够好看，所以注定无法拥有一段天长地久的恋情……以前的我总是垂头丧气地自问着。

　　当时的我，错把眼前的那个人当成了全世界；没有了他，我瞬间变成了一朵凋谢枯萎的花。

　　十年过去了，我在爱情中一路跌跌跄跄、浑浑噩噩地走来，开始不再相信爱情，直到遇见了雷门。那一瞬间我才明白，心中那些对于爱情的浪漫幻想，都不再只是憧憬了！

在网络上，偶尔会看见有些已婚的朋友发文劝诫身边的姐妹们不要随便走入结婚礼堂，并且附加说明，婚姻生活真的不如她们所想象的那么好，将不再有激情甜蜜存在……总之都是些危言耸听的话。

当我第一次看到这样的文章时，心里默默地为自己所拥有的幸福感到庆幸，然后忍不住想着："也许我可以用另一种角度，给予想结婚或不想结婚的你们另一种观点。"希望大家在听过了不同意见后，再去衡量自己的想法也不迟。

不管怎么样，至少，我与雷门都一致认为，结婚是我们这辈子所做的最棒的决定！

刚认识雷门的时候，我的脑海中就出现了他穿着一身西装，站在礼堂等待我的模样……没错，就是这么夸张！

当然，我也问过雷门初次见到我的感想，他觉得我很"大只"，因为当时是冬天，我穿着尺寸过大的L号羽绒外套，看起来有些臃肿。

听起来真的超不浪漫的！

交往第一年后，我们就决定用力牵起彼此的手，走向红毯的那一端，两人共同为了梦想中的生活而努力，然后在能力许可的范围内，一起踏遍这个世界。

从前的我没想过，有一天，能被一个人如此真心对待。

从前的我常常按着电脑鼠标，点阅网络上那些令人羡慕的爱情生活；对我来说，幸福是如此遥不可及。我看着那些充满自信的女孩脸上灿烂的笑容，想象着："假如这是我，假如我跟她一样，该有多好……"

一个人的生活到底还要多久？也许是我不够好、不够贴心，长得不够好看，所以注定无法拥有一段天长地久的恋情……以前的我总是垂头丧气地自问着。

在经历了一段又一段失败的恋情之后，我对自己越来越绝望。

当时的我，没有想过要好好地充实自己，让自己拥有很棒的单身生活。

当时的我，错把眼前的那个人当成了全世界；没有了他，我瞬间变成了一朵凋谢枯萎的花。

当时的我，背对着阳光，没想过要努力挣扎，以为继续被践踏着，总有一天，对方会怜惜我的伤痛……

十年过去了，我在爱情中一路跟跟跄跄、浑浑噩噩地走来，开始不再相信爱情，直到遇见了雷门。那一瞬间我才明白，心中那些对于爱情的浪漫幻想，都不再只是憧憬了！

＊　＊　＊

雷门曾说："其实我们真的很像神话故事里本来生活在天上的人，每个人都有两个头、四只手、四只脚。有一天，我们不小心摔落人间，碎成了两半，只剩下一个头、一对手脚……于是，终其一生，我们都在找寻失去的那一半，当我们找到时，就能够再度粘在一起。"

当我们找到了失落的另一半后，我知道自己不需要再害怕一个人！不用一个人吃饭，一个人睡觉，一个人旅行，就连听到最怕的灵异故事也可以不用捂住耳朵……

✳ ✳ ✳

那一年，当我还在百货公司站柜时，生平第一次遇到会每天骑车载我上下班，送午餐到上班的地方给我，然后陪我吃饭的雷门。我嘴里嚷着说想去哪里玩，他二话不说，利用排休带我去。出门时，他会体贴地帮我提包包，想吃什么，他二话不说，使命必达。

偶尔，他也会偷偷地帮我把放在浴室、泡在手洗精里的内裤洗掉；我在厨房做饭时，他都会在一旁帮忙，比如当我打完蛋时，他老早就把垃圾桶盖掀开，等着我把蛋壳扔进去。

吃完饭时，他也会主动地整理桌面，然后默默地走去洗碗。

叫外卖便当时，他帮我打开餐盒，把汤匙、筷子交到我手中，等我吃完后递上卫生纸……这些都是从前我一个人忙得喘不过气来且不被看在眼里的事情。

当我遇见了会和我做一样事情的人时，要我怎能不去珍惜他呢?

　　和雷门相处的过程中,我发现,我们有许多待人处事的观念是一致的。我怎么待他,他也用同样的方式待我,在将心比心之下,我和雷门成为了相敬如宾、令人羡慕的情侣档。

＊　＊　＊

　　有一天晚上,我帮雷门把他最爱吃的绿花椰菜去皮,再由他拿进厨房煮,当开了小火之后,他跑回客厅,陪我一起看电视。过了大概一分钟,我拍拍他的肩说:"欸!快去看你的菜,不要看电视了!"

　　雷门马上站起来,弯下腰,把手放在膝盖上,超认真地盯着我的脸看。

　　我说:"你在干吗啊!快去看你的菜啊!"才讲到一半,我就理解地大笑了!因为我就是他的"菜"。

　　第一次,我遇见一个不说大话,把"喜欢你"都用行动力来表达的人。

第一次，我明白懂事的男人是什么样子，还有他身上了不起的谦虚。

最厉害的是，我们从在一起之后，从来没有分开过！雷门厚厚的手掌时时刻刻都牵着我；在我的心里，他的存在是如此巨大，那么温柔且充满韧性地保护着我。

＊ ＊ ＊

一开始，我和雷门的生活其实过得很辛苦，每个月领到薪水时扣除必须缴交的账单和给家人的生活费，只有微薄的几千块可以生活。日子过得苦兮兮的我们，常去便利商店买凉面果腹，有时熟识的店员还会拿出过期一个小时没坏掉，但已无法贩卖的凉面给我们吃。

当雷门领到薪水后，会对我说："老婆，今晚可以去你最爱的服饰店血拼啰！"

虽然我们的物质条件不充裕，可是一起生活得好开心！

结婚后，我也才真正地了解到，原来婚姻可以带给一个人这么棒的改变！

雷门不只改变了我，也让我变得更快乐；我的眉头不再紧蹙，脸部的线条变得柔和，嘴唇也弯出了笑意……

有一天，我和雷门聊到了布拉德·皮特和安吉丽娜·朱莉这对超棒的夫妻，布拉德·皮特的前妻虽然也是位美人，但是两个人在一起时看起来没有那么闪耀。后来他与安吉丽娜结婚后，整个人不但变帅了，而且超有魅力！安吉丽娜更是美艳动人，他们的组合完全是天造地设的一对！就像是不能输给对方，因而让自己更美好一般的存在。

我也向往着这样的良性竞争模式，我们都是彼此的偶像，一定要努力配得上对方才行！由于身边有一位很棒的人让我想要跟进，所以有十几年烟瘾的我，决定戒烟，到现在已经一年多了！

结婚后，我们认定了这一辈子永远都不分开，因此即使有了争执，也会尽力去化解！两个人合体后也有了双倍的动力，互相驱策着彼此前进，一起奔赴梦想的旅程。最重要的是，婚姻让我们变得成熟与包容，想要把这份强烈的爱转化成一股良善的力量扩散出去，将它感染给周遭的每个人。

没有保存期限的热恋期

在婚姻中，我们一直努力去成为一个更好的人，互相扶持，却不阻碍对方的成长。因此，每一年，我们回顾过去，只会发现更棒的自己，以及更深爱彼此。

即使我们几乎每天二十四小时都在一起，但时间对我们而言，一点也不够用。如果可以的话，我希望可以再继续拥有雷门至少六十年，但又有点担心，这样会不会太短暂？

在遇见雷门之前，我不喜欢和当时脾气暴躁的男友整天黏在一起，而雷门在过往的感情中还是个不婚主义者，他曾经撂下狠话，这一生绝对不生小孩！

"绝对不！可！能！"他说。

可是，当我们在一起之后，不仅黏得跟口香糖一样，一年后，还火速步入了结婚礼堂，现在正为生小孩的事情努力着。

每当雷门在路上看见可爱的小孩时，就会忍不住挑高眉毛、双手握拳，喊着："好可爱哟！"看到电影里那个患有气喘的小女孩，因为呼吸困难被爸爸紧抱在怀中，雷门还会立刻转过头来，红着眼眶对我说："天啊！如果这是我的女儿，她在喘的时候，我一定会很心疼，然后大哭。"

哈哈！没想到一段对的感情能带给我们如此大的改变，世事真的是难以预料啊！

很多人问我："婚后要如何维持热恋的状态？为什么你和雷门的生活每天都这么有趣？""你们二十四小时不分开，难道不会腻吗？"

　　我想，这是因为我们就是标准的"只为对方而活"的人，也碰巧都是坚持着要在每天的生活中保持热情的人。

　　俗话说："世界上没有不劳而获的事情。"想要拥有这样充满默契、欢笑的生活，并非只要交到一位温柔贤淑的女友，或是找到一个完美体贴的男人就能实现的，它绝对是双方共同努力经营才能获得的。

　　有时，朋友会开玩笑地说："我也要找一个雷门当老公！""我要交一个百百当女友！"但其实我们两人在相遇之前，并不是这样经营原本的感情生活的；找到一个人可以让你变成百百，或让你成为雷门的伴侣，才是重点。

　　在爱情里，两个人有着一样的心是非常重要的。我和雷门能维持着热恋般的婚姻生活，重点就是"不懈怠"。

　　很多夫妻生活久了，难免会说出一些不耐烦的话："喔！很麻烦耶！""随便吃吧！吃什么都可以啊！""哼！你不会自己弄呀！"我和雷门的相处诀窍就是，绝对没有这种时刻！在热恋期，我们愿意为对方做的事情，现在也愿意做；热恋期有的每个贴心举

动，像是惊喜小礼物、浪漫的烛光晚餐、"温馨接送情"，以及出门约会时的精心打扮……现在一样会出现！因为我们就是想要一直维持热恋时的模样。

＊ ＊ ＊

一直以来，我们都是采取"我下厨，雷门洗碗"的固定模式。要是有一天他想偷懒，说："老婆，帮人家洗碗啦！"我就会回道："人家煮菜好辛苦哟！你是不是不愿意帮你可爱的老婆洗碗呢？你是这种人吗？你不是吧！"我用一种超可怜又尊重的口气，委屈地说着。这时，雷门就会跳起来，挽起袖子，像威猛先生一样迅速地去完成洗碗的工作。我们经常用这种方式随时互相提醒，所以每天的生活都充满了笑声。

当你的心有所警惕，时时刻刻提醒自己不懈怠，你就不会变成男人眼中的黄脸婆，或是觉得婚姻生活太无趣。当你在抱怨婚后的生活不如从前，或者对方变了的时候，其实，对方的心里可能也是这么想的。我不是在怪罪你不好，而是说我们应该把它当作一种转机，从现在开始，做出一些调整和改变。

我相信当对方感受到你的热情时，也会想要回到最初谈恋爱时的温热感觉。而当你和另一半之间出现问题时，请想想，你为了"你们"做了多少的努力？你们共同计划的未来和梦想，是否正在执行中？也许此刻他正需要一个得力的助手，需要你的温柔打气，给予他支持的力量。

一直到现在，我和雷门看着对方时，都还是能够心跳漏半拍，以及不知道第几百次的一见钟情……不论两人之间的关系有多么亲密，我们都知道对方所给予的付出不是理所当然的，要抱持着感恩的心情对待彼此。

雷门会在我打喷嚏时递了一张面纸给我，听我抱怨工作上的不开心，帮我吃掉了我最讨厌的洋葱和碗里最后一口饭，开车载我去跟姐妹们聚餐……看到他在日常生活中为我所做的这些小事，我还是觉得感动万分……

在婚姻中，我们一直努力去成为一个更好的人，互相扶持，却

你是我生活里的疲惫温柔梦想

不阻碍对方的成长。因此，每一年，我们回顾过去，只会发现更棒的自己，以及更深爱彼此。

即使我们几乎每天二十四小时都在一起，但时间对我们而言，一点也不够用。如果可以的话，我希望可以再继续拥有雷门至少六十年，但又有点担心，这样会不会太短暂？

爱情中最美的一句话

　　对我来说，爱情里最美的一句话，就是"不离不弃"。在还没有结婚之前，不懂这句话的深义；如今，看着眼前自己深爱的人，我清楚地明白，他的心也和我一样，他是我生命中最重要的另一半，是我的知己，是我的左右手，是我不可失去的灵魂伴侣……我们紧紧守护着彼此，实实在在地感受着每一天的幸福。

每天下班回到家后，我最喜欢的就是跟雷门窝在沙发上，一口牛排搭配一口红酒，看着我们最爱的日本电视节目《全能住宅改造王》。

有一集节目让我印象很深刻，一对夫妻在十九年前买下了自己的房子，但入住一年后，妻子却不幸罹患了罕见疾病，由于左半身瘫痪，接下来的十八年间，她只能待在床上或轮椅上，由先生照顾她的日常起居。

在节目中，先生委托改造达人帮忙打造出一间适合轮椅移动，让他更方便照顾妻子的房子。于是，专家先从观察这对夫妻日常生活的活动路线、习惯着手，了解先生在照顾太太上的种种不便。

首先，先生示范推着太太的轮椅到洗手间的动作。由于轮椅占了走道大部分的空间，所以他必须先将太太留在原地，自己绕过房子半圈到厕所的另一头，替太太打开门后，才能再抱着她进去如厕。

当先生绕了半圈回到原处时，他对太太说了句："让您久等了。"这句话让我的眼眶湿了……而当他帮太太洗澡时，因为浴缸过深，他必须辛苦地弯下腰才行，动作显得很吃力。可是，在回答改造达人的询问时，他才第一次说出这个困难之处。

这让我想到每次和雷门吃饭时，我都会把自己不喜欢的洋葱或青菜梗夹到他的碗里，但他每次都会笑着说："哇！谢谢老婆！"然后津津有味地一扫而空。

有一天我心血来潮地问雷门："老公，如果有一天你要死了，你的遗言会是什么呀？"

我们聊天的内容向来是百无禁忌的，所以雷门也见怪不怪，只是，这次他想了很久，才吞吞吐吐地说："嗯……应该会是……我最讨厌吃的东西，就是青菜梗了！"讲完之后，他傻傻地笑着，我却愣住了，并且红了眼眶。

＊　＊　＊

看到这对夫妻结缡十九年，先生从来不抱怨自己的辛苦付出，就算对方没有察觉也无所谓，我心里有很多的感触。比较他们年轻时的照片，先生的容貌明显地老了许多；反之，太太长年受到先生勤奋又细心的照顾，却是双颊丰润，脸上带着笑容。从她的笑容中，我仿佛看见了她心中满满的感谢，以及先生给予她的好深好深的爱。

于是，我忍不住转过头去看着雷门，问他："老公啊，如果是我，你也会这样不离不弃地照顾我一辈子吗？"雷门假装很无奈地说："唉！不然我还能怎么办！"

一阵嬉闹后，我们继续看着电视。过了一会儿，雷门突然开口说："老婆，如果以后你坐轮椅了，我要帮你把轮椅弄成你最爱的粉红色，还要在遥控的手把上挂流苏哟！"

我开心地笑了！这是2014年开春以来，我听过的最浪漫的对话了。

* * *

过了几天，我和雷门开车出游，雷门一边开着车，一边问我：

爱情里最美的一句话，就是"不离不弃"。

"老婆，如果有一天我的眼睛瞎了，加上配对符合的话，你愿意把你的眼角膜移植给我吗？"

我沉默了下来，很认真地思考这个问题。

其实答案不外乎两个：一是不给！然后由我照顾他一辈子；或者是给他，但变成他要照顾我一辈子。可是，我舍不得他瞎掉，也不舍得让他下半辈子都要照顾失明的我，这真是个难以回答的问题……

此时，雷门说出了他心中的答案："你只需要给我一个眼角膜就好，这样一来，我们一人一只眼，刚刚好！"

"哈哈哈……"我忍不住笑了！心想："这样的话，哪里需要问啊！一定会给的呀！顶多两个人出门时都要一起才能平衡，不过还是很浪漫啊！"

对我来说，爱情里最美的一句话，就是"不离不弃"。在还没有结婚之前，不懂这句话的深义；如今，看着眼前自己深爱的人，我清楚地明白，他的心也和我一样，他是我生命中最重要的另一半，是我的知己，是我的左右手，是我不可失去的灵魂伴侣……我们紧紧守护着彼此，实实在在地感受着每一天的幸福。

　　我很庆幸拥有一位值得我无怨无悔付出的另一半。我想，除了失去他之外，人生中已经没有其他更令我害怕的事情了。

　　不管将来会变成怎样，只要雷门在，我就是一个完整的我。

独一无二的你

在爱情中有一点相当重要，那就是另一半愿不愿意全心全意地付出，给予你想要的安全感，有了这份安心的力量，你不会去揣测，他现在和谁在一起？在做什么？因为你知道，自己在他心中是独一无二的存在。

　　有一天心血来潮，我在车上播放了好久以前买的许哲佩的专辑CD，听到她在《You Love Me》这首歌中，用沉稳又美丽的嗓音唱出了这句："我真的要感谢，你让我找回了我自己……"那一刻，仿佛有一颗水雷在我心里炸开，内心十分激动……

　　艺人路嘉怡曾写了一本书，书名是《不爱会死》，这句话也表达了我对爱的渴望。一直觉得，自己是为了爱而生，这个与生俱来的使命让我必须勇敢去爱、去付出，才能正常地呼吸，自由自在地活着。

　　"爱"在我生命中占了太多的重量，所以在遭逢爱情毁灭的过渡期里，我把自己伪装成了另一个人，不再按照从前习惯的方式过生活，也用不是自己喜欢的冷漠方式对待别人，好像所有人都亏欠了我一样。

　　当时替自己加了层层保护罩的我，没有想到，有一天能再变回十几年前，那个对于爱情怀抱着美丽幻想和憧憬的小女孩。

❋　❋　❋

　　认识雷门之后，我身上的盔甲一夕之间解体了！他的温暖怀抱，我像是永远都钻不腻似的依偎着。即使他故意装痛，喊着：
"哎呀！你踩到我的脚了，痛死我了！"我还是依然故我地将两只
脚都踏上去，用双手环抱着他的腰，用脸磨蹭着他的脖子。

　　这样的情节每天在厨房里、在床上、在沙发上，都会上演一
遍。就算我的手肘压痛他，也只会听见"噢"的一声，这种野蛮老
婆的撒娇方式，他一直都没有抗拒过。

　　他不但接纳了我的幼稚行为，包容我个性上的种种缺点，还给
了我十足的安全感。

　　有位朋友，因为男友虽然有了她，还是经常地和其他女性朋友
出去喝咖啡、聊心事，让她觉得很没有安全感。她问我："像雷门
这样又高又帅又有才华的帅哥（中间几个形容词是我自己加的），
平常如果他跟女生出去，你会不会吃醋呢？"

　　其实从认识到结婚到现在，雷门从来没有让我吃醋过，一次都
没有，我是说真的！

　　当一个人不再是单身时，要懂得何谓"避嫌"，我们两人都明
白这个道理，所以雷门从来不单独跟其他女生出去，我们也不和过

去的前男（女）友往来。

我们熟知彼此的过去，也常常百无禁忌地谈论着过去的恋情，包括那位他曾经最爱的初恋女友，我最想杀的前男友……全都一五一十地告诉对方。

我们的工作和生活都在一起，我替他收电子邮件，他帮我回刚刚收到的手机短信，我们之间没有不能说的秘密。有时候，就算我不小心发现他出糗的事情，取笑完之后，还是会帮他保守秘密。

在爱情中有一点相当重要，那就是另一半愿不愿意全心全意地付出，给予你想要的安全感，有了这份安心的力量，你不会去揣测，他现在和谁在一起？在做什么？因为你知道，自己在他心中是独一无二的存在。

* * *

有一次，一整天下来的工作压力让我感到疲惫不堪，内心被一股低气压所笼罩，我一直为一件自己很想做好却又心有余而力不足的事情耿耿于怀。

在车上，雷门似乎察觉到了我的不开心，关心地问我是否遇到了什么难题。

我大概描述了一下状况。他听完后，提出了一个解决方法，而方法就是他必须挪出自己的时间，陪着我一起进行，才能顺利完成那个棘手的案子。

他把这份多出来的工作形容得像是在玩乐般轻松，让我的压力瞬间解除，甚至开始觉得这个任务很有趣！

有雷门在我身边，分担着生活中的喜怒哀乐，夫复何求呢？

＊　＊　＊

亲爱的老公：

花朵因为阳光而绽放，我则是因为你。虽然偶尔得缩在伞下躲雨，但我知道阳光还是会出现，像那片想象中绿油油又春意盎然的山坡地，或是那座我们一起看见萤火虫的公园，一样美丽。

你是我最喜欢的人。

我是你最喜欢的人。

我们常常一起诉说着，以后的日子要怎么过，希望拥有什么样的生活。

对着天空指指点点的，另一只手还是牵得紧紧的。

你的悲伤、快乐、幸福，也是我的悲伤、快乐、幸福。

感谢你，让我找回了我自己。

幸福美满不等于一男加一女

　　十年来，这两位在我生命中占了好大分量的"同志"友人，陪着我一路走来，我们看着彼此的幸福悲伤，搀扶着彼此走过那些我们以为走不出的斑驳小巷，我在他们面前流的眼泪，甚至比在姐妹淘前还要多！他们像公主一样把我捧在手心，一路扶持着我，找到了幸福的未来，因此我希望他们也能拥有属于自己的幸福。

　　我身边有一些"同志"朋友，偶尔会听见他们说，"好想和另一半结婚！"让我忍不住想着：要是同性婚姻合法的话，将会是一件多么浪漫的事情！因为，我们在爱情中感受到的幸福和快乐，这世界上的每一个人，本来就都应该拥有。

✳　✳　✳

　　曾经，我有过一段失恋又失业的时期，人生顿时失去了方向，甚至还穷困潦倒到差点三餐吃土。在那段浑浑噩噩的日子里，一把将我从感情的泥沼里捞上岸的，是一位"同志"友人，M。

　　M的个性率真，但他过于直接的说话方式，常常讨厌到让人很想扭断他的脖子！

　　说起我们认识的经过，那还是在十年前的某个跨年夜，当时我和女生朋友蕾正打算一起度过这个温馨的日子，突然之间，一通电话打乱了我们原本的计划。

　　蕾挂断手机之后，哀怨地对我说："唉！我朋友现在在车站，我们可以去载他吗？他今晚可能会跟我们一起庆祝哦！"

虽然内心百般不情愿，我还是开车到了车站，远远地，就看见一个身高近一米八的男子汉站在那里，但他却有如蝴蝶翩翩飞舞般奔向我，一上车，就以歪扭的姿势，向我说了一声又长又嗲的："嗨！"

我忍不住眉头一皱。

我已忘记是怎么度过那个跨年夜的，只知道从那天开始，M就常常诡异又莫名其妙地出现在我的身旁，因为我们当时正好在同一家百货公司上班，所以经常会碰到。

对于他的过度热情，我始终抱持着防卫之心，冷漠以对，可是他却一直不死心地频频对我示好。

有一天休息时间，大家坐在室外纳凉，有个其他楼层的男性员工似乎与M之间有所误会，心生不满，他气呼呼地跑到休息区，在众人面前对着M大声咆哮。

坐在一旁边的我，原本并不想插手这件事，直到咆哮男抓起装满水的水桶，往M身上砸去……我立刻一马当先地起身冲向他，用力地推了他的肩膀一下，要他解释这到底是怎么一回事。

当时我并没有想过这样的反应有可能引起更大的冲突，只觉得M被欺负了，我一定得站出来才行！多年后，我从M的口中得知，这个正义的举动一直停留在他的心里，我也成为了他眼中的英雄。

从那天起，我和M可以说是出双入对了吧。我对他卸下了心防，开始分享自己的一切，包括那段不堪回首的失恋。

在这段人生中最灰暗的日子，其他朋友也纷纷伸出了援手，而我最感谢的，就是M无微不至的照顾。他将我从如同噩梦般的生活中拯救了出来。当我身无分文、无家可归地出现在他面前时，他陪着我一起去找房子，跟我合租房间，免费提供我三餐。

他帮我留意求职栏的消息，鼓励我要振作，经常带着我出去走走、散心，帮我想了各种让自己更好过的方法。

在我哭泣的时候，他陪我咒骂着那些让我难过的人；当我独自在家，对着电脑感到烦闷时，他就是能够那么恰好地打电话给我，问我晚上想吃什么，想喝什么，他买回来给我吃。

在路人没有礼貌地嘲讽我身上的刺青时，他则会大声地指责对方。

然后，有了他的陪伴和保护，日子不再那么难熬了。

✳　✳　✳

有一天晚上，我们和一群朋友坐在人行道旁弹着吉他，哼着歌。

M突然有感而发地说起从前和男友在一起的生活种种，以及当时拥有的快乐，讲着讲着，就悲从中来……他有些垂头丧气地告诉我，也许这辈子都不可能再得到幸福了！

我记得当时对他说，愿意把自己的幸福分给他，虽然那时候的我感情生活也没有好到哪里去。

事隔多年，他看我挽着一位姐妹们一致赞许的好男人走入了结婚礼堂，而男友一个接着一个换的他，何尝不想要拥有一段稳定的感情关系，希望有人可以给他一生的承诺呢？

✻ ✻ ✻

另一位"同志"朋友Y，是那种只要跟他出去，就不会让我提重物，也特别注意每件小事的贴心鬼。

以前去批货时，需要借住Y的房间一个晚上，早上醒来时发现他已经买好了早餐，并且帮我把批好的货分装在美美的手提袋里，原因是他觉得我提着大塑料袋回家实在太丑了！

我们之间的默契，跟我与M是画等号的。十年来，这两位在我生命中占了好大分量的"同志"友人，陪着我一路走来，我们看着彼此的幸福悲伤，搀扶着彼此走过那些我们以为走不出的斑驳小巷，我在他们面前流的眼泪，甚至比在姐妹淘前还要多！他们把我像公主一样捧在手心，一路扶持着我，找到了幸福的未来，因此我希望他们也能拥有属于自己的幸福。

"多元成家草案"出炉后，这个话题闹得沸沸扬扬，我最在意的，就是"同志"婚姻合法。无论最后法案有什么样的结果，我都希望"同志"友人们能和另一半勇敢地牵起手,想办法改变些什么。

我也听到不少反对"同志"婚姻合法的声音。我相信,不论什么样的爱情,都是值得拥有和珍惜的。所以,不要因为不了解而反对。

我曾经和雷门认真讨论过,假如我们的孩子也是与同性相恋,我们只希望她(他)能够遇上待她(他)温柔且真心付出的另一半,能够照顾彼此一辈子,这样就够了!当然,如果有人敢欺负他们,就等着雷门关照吧!

Dear M&Y,希望你们跟我一样,有机会双双对对地步入礼堂,每天都能拥有平凡又踏实的幸福。

说好了,等大家都年华老去以后,我们这三对老夫妻还要一起去看海哟!

相信自己内心的声音，努力成为你想要的样子。
你可以买下那件自己明明很喜欢，却在心里嘀咕
着"这种衣服要什么时候才穿得到呢"的洋装，
隔天就穿着它去逛街、喝咖啡，无须在意别人的
眼光，因为这就是你！

当你拥有了自己喜欢的样子之后，我必须说：
"恭喜你！你找到自己了！"

Chapter_TWO

愿你成为自己喜欢的样子

有其父必有其女

　　长大以后，我才渐渐地明白，小时候受到父母的严厉管教和处罚，其实是他们的用心良苦，想要培养我独立自主、善体人意的能力；他们给予了我一个单纯又快乐的童年，让我深刻地体会到，心灵的富裕才是最重要的。

有一天骑车回家的途中，经过了小时候住过的眷村。它从十几年前改建后，有点像废弃了一样，伫立在路边。

我常常想起当时在眷村的生活，却始终没有回去看过它。那天和煦的阳光，让我忍不住停了下来，在对街望着入口，驻足了几分钟后，决定转身走进去。

我在那里绕了一大圈，心中有很深的感触，因为想起了很多小时候的记忆，以及关于爸爸的事情。

* * *

爸爸以前是学校的教官，小时候，他常常带着我去上班，也会让我跟着他，和学生四处趴趴走。

他带我去参加学生的毕业旅行，和学生一起搭巴士去看海、露营烤肉；在学校的游泳池里，他训练我学会了游泳；参加学生的毕业舞会时，我小小的身躯就跟着爸爸在舞池中旋转。

爸爸在学校里深受学生们的爱戴，还有人称他为"万人迷"，这样的说法绝不夸张！因为走在校园时，学生们常常一拥而上地靠近他；过年过节时，也一定会收到学生们寄来的卡片。毕业典礼时，他更是被学生们高高地举起、大声欢呼！

以前，我以为爸爸受欢迎是因为长得很帅，后来才发现不只是这样而已。长大了一点后我才知道，爸爸能拥有这些学生和同事的喜爱，并不是一件简单的事。

在学生面前，教官必须扮演着严厉的角色，但爸爸总是以幽默风趣的态度和宽容的度量，去看待每个学生。当学生犯了过错的时候，他会以像是跟朋友聊天一样的方式，尽力地开导他们，并且给予适当的规劝，让他们觉得好过一些。

我相信，这些学生在庆幸自己没有被教官严惩之余，绝对会懂得自重，不再犯错。

✽ ✽ ✽

爸爸是个古道热肠的人，每当看到有人需要帮助时，他一定二话不说，立刻卷起袖子，跳出来帮忙。

有次我和爸爸一起搭公交车出门，看见一位老伯伯步履蹒跚地准备上车。当公交车停下后，爸爸发现他爬不上阶梯，迅速起身去扶他上车，帮他投零钱，并且带着他到座位。比起其他坐在位子上看着这位老伯伯究竟要花多久时间才能上车的乘客，爸爸的身上仿佛闪着荣耀的光芒。

还有一次，爸爸在等红灯时，看见有位小妹妹一个人在斑马线上溜滑板车，结果摔倒了！他立刻下车安抚她，回家后还特别叮嘱我，玩滑板车要小心。

有时，爸爸开车出门，看见有车子半路抛锚了，车主一脸苦恼地站在路边，他也会停下车来询问有什么需要协助的地方。

我记得很清楚，每到过年期间，由于四人一车才能在高速公路上行驶，爸爸总是会开车到车站，询问正准备买票的旅客是否有人愿意同行，然后免费载着他们一起上路！类似这样的热心之举还有很多很多。在我的心目中，爸爸行事光明磊落，是真正的男子汉。例如，他若开车时不小心与人擦撞，下了车，一定马上坦率承认错误并递上名片，提出善后的方法，扛下自己应负的责任。

爸爸待人十分有礼貌，总是耐心又客气。在餐厅里，就算遇到了服务生冷言冷语、服务态度差，他还是一脸笑眯眯的。在我的印象里，他从来都不怪罪任何人，不计较任何事情，好像在他的世界里，每个人都是良善的。有时，甚至连我都不禁感到怀疑，在这个冷漠功利的社会里，还有像他这样善良的人吗？

但是，我每每看见爸爸的身上仍然保有着孩子般的纯真，我仿佛看见他小时候赤着脚在山坡上尽情奔跑的模样，不知不觉也被他的快乐感染了。

＊　＊　＊

上了高中以后，当学校教官知道我是谁后，不约而同地说："啊！原来你是他的女儿！我真的好喜欢他！"由此可见他的好人缘。当然，他的朋友也很多，他对于朋友向来不吝啬，总是付出很多，这点常常让我和妈妈看不下去，忍不住羡慕起他的朋友来。

从爸爸身上我发现，对于自己喜欢的人、崇拜的人，只要用心去做、去学习，最后一定能成为那样的人。

　　我跟爸爸聊天时，常常话说到一半，就先被他的话打断了。他问我："别人帮了你的忙，你有没有感谢人家？"或是一再叮咛我："别人对你好，你也应该要为别人着想。""人家为你做了这些事很有心，你一定要专程去谢谢他。"他经常耳提面命地提醒我，做人要有礼貌、有同理心，心存感恩之心，懂得知足惜福。

＊　＊　＊

　　前阵子我回家时发现桌上有张放大的塑封照片，照片中是爸妈和一对我不认识的老夫妻的合影。我好奇地问妈妈："他们是谁？"妈妈说前几天跟爸爸去金门玩时，爸爸特地带她去探望这对夫妇，因为爸爸以前在金门当兵时，这对夫妻很照顾他。听完这段陈年往事，我都快要哭了！

　　我常常觉得，自己能有今天，都是因为我有一个很棒的父亲。从小到大，他以身作则地教导了我许多做人处事的道理；他相信我懂得自己明辨是非善恶，是一个天性善良的孩子，久而久之，我也相信自己做得到，并且为了他，做得更好。在外面，即使吃亏了，我还是喜欢这样的自己，因为这是爸爸教我的，我知道它是一种美好而温暖的特质，就够了。

爸爸的朋友们大都是学校的老师、教官或是公务员，我曾经从他们的嘴里听见："教官女儿身上的刺青很美！"这句话，让我感到非常开心。

家里随处可见我跟雷门拍过的杂志，爸爸还特别整理了一大本剪报，里面有我拍过的每个广告画面、接受过的每则访问文章，所有有关我的工作影像，他都完整地保留了下来，而且每张数据都塑封，可见他是多么地以我为荣。一直以来，我的努力也都是为了得到家人的肯定。

夸张的是，过年时全家一起回爸爸的老家，他还问我："可不可以做个红布条，写上你和雷门的名字，挂在大门口？"当然是立刻被我们给阻止了！

从爸爸身上我发现，对于自己喜欢的人、崇拜的人，只要用心去做、去学习，最后一定能成为那样的人。例如，我很喜欢好莱坞影星安吉丽娜·朱莉，她为了支持"联合国难民署"的救难计划，除了捐款外，还亲自飞到偏远的国家去照顾那些生活贫苦的孩子，给予他们实质的帮助。虽然现在的我能做到的仅仅只是填妥一份定期捐款单，但我心里清楚地知道，有一天，当我有能力之后，也会效法她的善行，帮助更多的人。

长大以后，我才渐渐地明白，小时候受到父母的严厉管教和处罚，其实是他们的用心良苦，想要培养我独立自主、善体人意的能力；他们给予了我一个单纯又快乐的童年，让我深刻地体会到，心灵的富裕才是最重要的。

而你可曾想过，二十年后，你的教育方式会让孩子成为什么样的人呢？在抨击这个社会的种种乱象时，你有没有坚持着自己的信念，努力地做好孩子的榜样？

不后悔

总是原地踏步，或是一直待在不喜欢的环境里怨天尤人，是无法改变任何事情的。这个世界有很多美丽的风景，都是过去的你没有想象过的。不要害怕改变可能会带来的种种难题，面对问题有很多不同的处理方式，要相信自己有能力承担、解决问题。

　　还记得19岁那年，当我在手臂刺上第一幅大图刺青的时候，外国刺青师手里拿着机器，一边对我说："It will change your life."

　　我笑着说："I know."

　　刺青之后，很多人问我：

　　"你不会后悔吗？"

　　"刺成这样，怎么找工作？"

　　"以后结婚的话怎么办？"

　　"你有没有想过，别人会怎么看你？"

✳　✳　✳

　　事实上，在我的人生中，从来就没有后悔过"刺青"这件事，就像在追求爱情的过程中，我不后悔曾经爱上了几个劈腿男；不后悔交到了会背叛我的朋友；不后悔曾为了感情放弃一切、离开熟悉的城市，走上了休学、离职的道路；不后悔舍弃了原有的生活，也不后悔到了最后，自己还是一无所有。

　　生命自有出路，因为离开了错的人，我才有了别的人生选择。我知道，自己想要的并不是那种正经八百、朝九晚五的工作；想要的另一半也不是西装笔挺、名片抬头好看的成功上班族，或是坐拥豪宅、名车的富二代。

　　小时候，我曾经梦想过，长大以后要成为一位遨游天际的空姐。刺了青后，我知道自己再也无法拥有这份梦寐以求的工作。"後悔しないという前提のもとで、私は人生を変えていく"是我在脖子上刺的一句日文，意思是："在不后悔的前提之下，我明白我正在改变自己的人生。"

　　一直以来，我都不曾后悔当初所做的刺青决定。因为，不能成为空姐，只不过是我人生中还算承受得起的小小遗憾。再说，我努力地追求着自己想要的生活，甚至比曾经怀抱着空姐梦想的我快乐多了！现在的我做着自己喜欢的工作，有着深爱我的人生伴侣，我们可以随时飞去自己想要去的国家。

　　虽然费了好大的力气，我才证明了自己选择的路是对的，但是一切都是值得的。并不是一定要顺应着这个世界的规则，别人说是对的，你才敢随波逐流；并不是要时尚大师宣称今年流行什么，你穿上后才会觉得自己有型，才敢抬起头在街上行走；并不是别人告诉你，男人就该爱女人，所以你不敢和"他"牵手；并不是像一般人说的，你必须要有一份怎样的工作和学历，才能搞出一番名堂，所以你开始违背自己的心，你从不和他拥抱，做着自己不喜欢的事情，你讨厌同事，更讨厌你自己。

有位女孩对我说，她从小就很喜欢画画，可是父亲极力反对，甚至一看见她拿起画笔，就会生气地斥责她。于是，女孩不再坚持自己的乐趣，她的兴趣一栏从"画画"变成了"不知道自己的兴趣是什么"。而多年后，当她从学校必修的化妆课中接触到了类似画画手感的化妆时，每天最快乐的事情就是化妆。她可以化出让朋友们都赞赏不已、自己也感到得意的妆容，但化完妆后的她被母亲批评妖里妖气的，很不端庄。

她告诉我，再也不敢坚持自己的兴趣走下去，而是听从父亲的安排，来决定自己未来要走的路。她在做其他事情时，最在乎的也是别人的观感，而不是自己喜欢与否。

这么有才能的她，原本可以成为一位出色的艺术家，或是走在时尚尖端的彩妆师，却在还没有机会踏上舞台前，就被扼杀了无限的可能。面对家人毫无理由的反对，连她自己都不相信自己，就选择了放弃，让我替她感到十分惋惜。

百百想和大家分享一个故事：

美国曾经进行过一个心理学实验，这个实验的目的在于观察路人对于身体有缺陷的陌生人会有什么反应，所以他们将十位募集而来志愿者安排在不同的小房间里，里面没有任何镜子或可以反射的物品，接着由专业的化妆师在每个人的脸上画上烫伤、车祸受伤等各种不同的伤疤。

化完妆后，化妆师给了每个人一面小镜子，让他们可以看到化妆后的模样。接下来，化妆师进行定妆动作，然后把他们各自送到不同的工作岗位，有的人是柜台人员，有的人当餐厅服务生。过了一个小时后，实验室人员集合了所有志愿者，询问他们路人的反应时，每个人都异口同声地说：

"大家都用异样的眼光看我！"

"我觉得他们对我的态度很差！"

"我从来没有受过这种被鄙视的待遇，一定是因为我脸上的伤……"

当十位志愿者发表完感想后，研究人员把他们带到一面大镜子前，结果，每个人都被吓到了！因为他们的脸上根本就没有化妆。其实，当化妆师帮他们定妆时，就已经把妆给擦掉了。而这个故事要传达的就是"你心里怎么看自己，别人就会怎么看你"。所以，你更应该坚持认定自己做的事情是对的。

我告诉那位喜欢画画的女孩，应该继续创作，然后勇敢地告诉父母，她的兴趣、她的梦想是什么。

不管其他人怎么想，那都是他们希望的，而不是你真正想要的生活。你的快乐、幸福和人生精彩与否，只能靠你自己的双手去争取，别人"事不关己"地出一张嘴，并无法左右你的人生。事实上，他们也不会对你的人生负任何责任。

总是原地踏步，或是一直待在不喜欢的环境里怨天尤人，是无法改变任何事情的。这个世界有很多美丽的风景，都是过去的你没有想象过的。不要害怕改变可能会带来的种种难题，面对问题有很多不同的处理方式，要相信自己有能力承担、解决问题。

曾经，我也是个因为害怕他人的眼光而畏畏缩缩的女孩。当我的两条手臂刺满了刺青图案后，和一个男孩展开了交往，当他说要带我回家见他的家人时，要求我穿上外套，遮掩住手上的刺青。当下我就觉得很羞愧，甚至以后出门时总会刻意穿着长袖上衣，想办法把身上的刺青给隐藏起来。

当时我以为，路人向我投射而来的异样眼光，都是因为我的刺青，他们觉得我是个叛逆的坏女孩。但是，最后我成功地克服了心理障碍。

和前男友分开后，我开始一点一滴地重新建立自己的信心，找回最初那个喜欢刺青艺术的百百。渐渐地，我有一种好像刚刚脱离了一位巫师，把他在我身上所下的蛊，全部一扫而空的感觉！

遇见了雷门之后，他不仅喜欢我的刺青，还因为很会画画、有设计天分，被我的刺青师父相中，进入了刺青业。

　　我很尊敬我的刺青师父，以及他的作品。雷门能得到他的肯定，让我觉得十分雀跃！而雷门自己也从来没有想过，他可以因为喜欢画画而得到这份梦寐以求的工作！从前的他是坐在办公室里被颐指气使的小小设计师，现在的他则是在工作上独当一面、画着自己喜欢的刺青图案的自由工作者。

✳ ✳ ✳

　　很多人都有一种偏见，认为刺青的孩子会变坏。对喜欢刺青的我们而言，刺青是自身形象的表征，是一种装饰，也是一项美丽的技术和艺术。为了不让其他人对于刺青的人有太多负面的观感，刺青之后，我对自己的言行举止更加谨慎，希望破除人们对于"刺青就是不好"的迷信。我希望用自己的一言一行来证明，做自己是可以为人生带来好的改变的；最重要的是，我很快乐。

越有实力的人越谦虚

我承认，不去在意别人的眼光，是一件很辛苦的事情。但是，当你坚持做自己觉得美好的事情，追求自己真心向往的生活态度的时候，获得的快乐也是他人无法体会的。我始终相信"麦穗越成熟越低垂""越有实力的人，就应该越谦虚"。当你们准备好用力地活出更灿烂的自己的同时，希望也能抱持着谦虚的态度，以最温暖、和善的心，在这个世界舒服地走着跳着。

　　每年在世界各地都会举办各式各样的刺青博览会活动，有的大型展览还推出了刺青比赛，吸引了许多来自不同国家的人参加。我跟雷门都很喜欢参展，只要一有空，就会去国外的刺青展观摩，它让我们可以尽情浏览许多优秀的刺青作品，并且有机会找其他国家的超强刺青师操刀，留下最美的纪念。

　　有一年，在新加坡举办的国际刺青展上，我认识了一对同样来自台湾的刺青师情侣。当时，男生非常有礼貌地走过来跟我聊天，他也主动提起我们一位共同的朋友，说常听到那位朋友谈到我。

　　在聊天的过程中，我不时注意他身边的女友，她的外型非常酷，脸上却一直带着温柔又美丽的笑容，当下让我有点讶异！在刺青店，我常看到那些脸上总是带着冷漠表情的年轻人，他们觉得那是展现自己"有个性"的方式；但眼前这对有着前卫外表的情侣，却让人感到轻松自在，让我一眼就喜欢上他们了。

　　每次在刺青店里，遇到臭脸的年轻客人时，我都忍不住会想："看到你这种不悦的表情，其实别人也会对你感到不悦。"没有人会觉得你这样做很酷、很帅，没有礼貌的人，在我的眼里就什么都不是。而你对别人什么样的态度，自己也会得到了同样的响应，其实是理所当然的。

小时候，我也是那种不爱笑，走到哪里都摆着一张臭脸的人。当时的我觉得，这就是我的风格，希望别人觉得我很酷。但是现在，我真心希望自己也能成为让别人一眼看到就觉得舒服的人。所以，在工作上，我尽量秉持着以客为尊的态度，希望顾客能够感受到我的热诚。我常在心里对自己耳提面命，面对陌生人，一定要露出笑容、注意礼貌，时间久了，不需要刻意提醒，这已经变成一件再自然不过的事情了。

❋ ❋ ❋

雷门曾经和我说过一句话："越有实力的人，就应该越谦虚。"这让我想起一位好友曾经告诉我，她在大学时期接了一份工作，当天拍摄的主角正是台湾第一名模林志玲。朋友说，当天林志

当你的心够强大的时候，就没有人伤害得了你。

玲到达现场以后，非常有礼貌地向现场的每个人打招呼。当她准备提起重物时，朋友赶紧上前帮忙，林志玲却带着微笑说："哦！没关系！我自己提就可以了！谢谢你！"

在这之前，我对于这位家喻户晓的名模没有任何感觉，加上新闻媒体经常添油加醋地报道有关她的事，让我对她有点反感。但是从那一刻起，我真的觉得她是一位女神！

我曾上过一个相当受欢迎的电视节目，当我在后台休息室整理头发时，有位节目的固定班底女孩从我身边走过，她的脸上完全没有任何笑容；即使我与她对上了眼，也释出善意的微笑，她还是无视我的存在，反而是友台的主持人，主动地向我打了招呼。

临走前，我在收拾东西时，旁边有几位工作人员正在聊天。大概是我的外型给了她们灵感，她们打量了我一眼后，就开始接二连三地说着："我那个谁谁谁的朋友也是一样，身上都是刺青，而且还穿舌环，就很叛逆啊！我真的觉得刺青的人都是……"

虽然她们的话很不入耳，但我还是转身给了她们一个礼貌的微笑，并向其中一位帮我化妆的化妆师说了声"谢谢"才离开。

* * *

在我心中谁加分谁扣分了，也许当事人并不在意，但这次的经验，让我好好地上了一课。

"当你的心够强大的时候，就没有人伤害得了你。"我曾经在杂志上看过李心洁的这句话。

我承认，不去在意别人的眼光，是一件很辛苦的事情。但是，当你坚持做自己觉得美好的事情，追求自己真心向往的生活态度的时候，获得的快乐也是他人无法体会的。我始终相信"麦穗越成熟越低垂""越有实力的人，就应该越谦虚"。当你们准备好用力地活出更灿烂的自己的同时，希望也能抱持着谦虚的态度，以最温暖、和善的心，在这个世界舒服地走着跳着。

相信自己内心的声音，努力成为你想要的样子。

成为自己喜欢的样子

　　相信自己内心的声音，努力成为你想要的样子。你可以买下那件自己明明很喜欢，却在心里嘀咕着"这种衣服要什么时候才穿得到呢"的洋装，隔天就穿着它去逛街、喝咖啡，无须在意别人的眼光，因为这就是你！

　　当你拥有了自己喜欢的样子之后，我必须说："恭喜你！你找到自己了！"

　　我最喜欢改变头发的颜色了！常常依照不同的心情，决定自己想要的发色。

　　当然，能这样说变就变，也是因为百百很幸运，拥有一位神手级的设计师朋友。我能够一直拥有着光鲜亮丽的外表，多亏这位好姐妹的帮忙，谢谢她总是这样温柔又体贴地照顾着我。

　　有段时间我的头发是粉红色，遇到了一位女孩，她告诉我，自己原本也染了粉红色的头发，却被朋友吐槽："你干吗故意学百百！"让她很受伤，因此又把头发给染了回来。

　　我常在"脸书"上看到，或是听身边的朋友生气地说，哪个人是学人精、谁谁谁学她、干吗学她等等的话。

　　不过，我总觉得，为什么要因此而生气呢？难道我们全身上下的装扮，都没有第二个人尝试过吗？还是你是全世界第一个发明这种装扮的人？既然都不是，有什么资格批评别人呢？

　　别人会仿效你，也是因为看到你的美好，所以想要跟你一样，其实是很棒的事情呀！自己觉得可爱的东西、喜欢的模样，本来就会想要拥有，这是人之常情，不必因为别人的一句话，就不去成为自己想要的样子。从模仿自己喜欢的人开始，去追求更美丽的自己，为什么不呢？

✻　✻　✻

有些女孩写信给我说，她们觉得百百很会穿搭（感恩啊！是你们不嫌弃），问百百要如何打造自己的风格，穿出属于自己的味道。

我告诉她们，只要你勇于尝试、学习，久而久之，就能找到自己的型。例如，你会发现：

"哎呀！原来我适合染褐色的头发呀！"

"哦！原来我的眼线不能像她一样画钩钩，要往下弯一点比较好看！"

"原来马丁靴我要穿十孔的，腿才看起来比较长啦！"

✻　✻　✻

相信自己内心的声音，努力成为你想要的样子。你可以买下那件自己明明很喜欢，却在心里嘀咕着"这种衣服要什么时候才穿得到呢"的洋装，隔天就穿着它去逛街、喝咖啡，无须在意别人的眼光，因为这就是你！

有很多在时尚界备受推崇、引领风骚的指标型人物，都是从勇于尝试开始的哟！当你不断地尝试之后，或许会发现，自己喜欢的已经跟当初的不太一样。这个摸索的过程就像谈恋爱一样，你经历了一些过往，有了经验之后，往往更懂得自己想要的是什么，最终找到了最适合自己的伴侣！

当你拥有了自己喜欢的样子之后，我必须说："恭喜你！你找到自己了！"

不需要为了失去一位朋友而感到伤心，

因为真正的朋友，是永远不会失去的。

不怕失去的友情

　　真正的好朋友会为你的生命带来正面的影响，让你每一天都像看见日出的光芒一样，充满了希望；而你也会为了她们，努力地让自己变得更好。

　　不同阶段的友谊，会释放出不同的染剂，将我们晕染上不同的颜色。有些朋友是生命中的过客，也许她们曾陪伴你看过不少美丽的风景，但可惜的是，无法陪你走到下一个目的地。

除了感情的事，有些网友也会在私信里询问我关于友情的问题：

"她是我最好的朋友，但最近她突然和我疏远了……"

"自从她转学去别的学校，有了新的朋友之后，我们之间变得好陌生……"

"她对我似乎有一些误会，但却不愿意给我解释的机会……"

我想起念高中的时候，女同学们都很在意"友谊"这件事，会为了朋友之间发生的一些事情而影响到念书的心情。

譬如上一节课，我和别的女生一起打混，那个平常跟我要好的女同学就会一声不响地走到我身边，问我："你为什么跟她去上厕所？"然后，因为下课后我没有陪她，而生了一整天闷气。

类似这样的事件，大概到高中之后，应该就不会再有了吧！虽然长大之后，我交过一些朋友，占有欲也挺强的，但每次遇到一些小别扭时，我都会尽量去安抚他们，避免让我们之间的友谊产生裂痕。

只要在自己的能力范围内能解决的事，我都不觉得是问题。不过，到了现在，我开始觉得，当你真心接纳一个朋友的时候，也会去尊重她的选择。

也许你们的交情真的很好，在心灵上百分百契合，但是当她也拥有了另一群好姐妹时，你应该打从心底为她感到开心，不一定要想尽办法打入她们的交往圈。因为每个人在不同的朋友面前会有不同的样子，那不是装出来的，只是彼此互动的领域不同而已。

你应该为自己在某个领域里是她的好朋友而感到高兴，在这里，她认定了你，所以你不需要为她今天跟谁出去、为什么没打电话给你，或你们之间的联系变少了等等而感到伤心，每个人都会长大的，我们应该一起长大呀！

✳ ✳ ✳

我有几个不同的朋友圈，其中每月固定小聚的，是两位行事风格洋派的好姐妹铮和俪。

与铮的初识是在2011年，俪则是2006年。当时，铮远在英国工作，是一位敬业又有想法的服装设计师，她办了好几场很有看头的服装秀，过着令人羡慕的生活。

俪的个性幽默风趣，经常在博客上分享她和美国男友之间有趣的生活点滴。一开始，我们对于彼此都不熟悉，大多数的时间，都只是在网络上浏览着对方的文章，偶尔才会聊上几句；直到2012年，铮邀请我参与她服装品牌的一个小小的计划，才真正有了进一步的互动。

在拍摄的当晚，我们一边啜饮着咖啡，一边娓娓道来第一次见面的感受，此时才发现，两人都对彼此抱有好感，互相欣赏着对方。而俪则是主动邀我参加了一次饭局，对于怕生又很矜持的我来说，她就像是充满热情的润滑剂一样，为我的生活注入了许多欢乐。

每次见面时，我总会把最近在生活中遇到的事情，滔滔不绝地向她们述说。即使大家平常的工作和生活都很忙碌，可是一旦见面时，她们会暂时放下手边的事情，专注地聆听我说话，给予我正向又积极的响应。

前些日子，我的心里有些烦闷，在某次聚会上，我们一起小酌红酒，长谈了一整夜之后，心中真的有种说不出的畅快！也让我更珍惜这段难得的友谊。

关于我们之间的情谊，可以说是一种既深又微妙的感觉。我想，每个人的一生之中一定都曾有过彼此偶然相遇之后，碰撞出绚烂火花的经验。很多的友谊就是从这一瞬间的火花建立起来的，却足够延续到遥远的未来。

* * *

另外两位在我生命中不可或缺的好友是Fiona和Ivory，一位是我的心灵导师，一位是我的保镖。我常想，如果没有她们，我的人生可能会走偏，也可能不会拥有现在的幸福！

每当我遇到伤心难过的事情，哭着打电话给Fiona时，理性派的她虽然会大翻白眼，但还是会想办法安抚我，并且不时关心我的近况。相反的，要是我哭着打给Ivory，狂野派的她可能会马上将枪上膛，背好两排在胸前呈现X形的子弹，飞奔到我身边，瞄准那些与我对立的人，来个疯狂扫射吧！

我们之间的相处之道，并不是像一些姐妹淘那样，会一起去逛街，对着橱窗里的高跟鞋指指点点，然后推开大门去购物。每次和她们相聚时，我常常会忍不住审视自己，最近有哪些事情带给了自己什么样的影响？是否有什么改变和成长？

我喜欢的女孩们几乎都一样，喜欢的交往模式也涵盖了心灵上的交流。在她们身上，我看见打从心底欣赏的特质，也看见了自己。

真正的好朋友会为你的生命带来正面的影响，让你每一天都像看见日出的光芒一样，充满了希望；而你也会为了她们，努力地让自己变得更好。

不同阶段的友谊，会释放出不同的染剂，将我们晕染上不同的颜色。有些朋友是生命中的过客，也许她们曾陪伴你看过不少美丽的风景，但可惜的是，无法陪你走到下一个目的地。

我们常听人家说"真心换绝情"，这也是常有的事，不一定交

独立是一件很美好的事，

去突破你原本以为自己不行的盲点。

往最久的朋友就是好朋友，最少见面的朋友就不懂你，我们还是可以放心地把自己交付给值得珍惜的朋友。

人生中总有几位朋友会让我们觉得是知己，不能没有彼此。可是，有一天，当你猛然回头一看，才发现只有自己一个人辛苦地付出，那种滋味真的不好受。

✳ ✳ ✳

当友谊出现问题，你已经尽力去挽回它，却仍然得不到响应时，不妨就放过自己，朝着寻找下一位朋友的里程碑前进吧！

曾有一位朋友告诉我："有相同灵魂的人，会自动留下。"于是，我不再害怕失去珍贵的友谊。友情就像爱情一样，你要先找到一种自己喜欢的方式，让自己过得好，因为有了对方更快乐，而不是没有她们就不行。真心是强求不来的，我相信频率相似的人会自然而然地靠近，这样相处起来才会舒服，彼此的关系也更巩固、长久。

　　在每一个不同的人生阶段，我们都有机会认识新的朋友，就如同当初认识了现在最好的朋友一样。交朋友是一件很浪漫的事，尤其是当你们同处一个世界，懂得欣赏彼此、聆听彼此的时候。

　　不需要为了失去一位朋友而感到伤心，因为真正的朋友，是永远不会失去的。

梦想的旅行

　　我相信只要有心，梦想就可以一个个地实现。虽然实现梦想的过程，也许要经过一番长途跋涉，有很多困难需要克服，可是路途中经历的一切，就是最好的收获、最美丽的回忆。

　　当你实现了心中那些小小的梦想，这一生已足够精彩。所以，现在就开始出发，让将来的你为自己的勇气喝彩吧！我知道你们每一个人都办得到！

　　2008年，当我心中燃起了一股"再这样下去真的不行，我必须要离开"的念头之后，凭着一股热血，开始着手准备出国的事宜。

　　也许是上天给了我一个遇上"错的人"的试炼机会，让我有动力做出了这个决定。我渴望看见不一样的世界，改变目前不甚满意的生活；我渴望给自己一个能够豁达地放手的机会，不再和错的人继续纠结下去……

　　那年12月31日，我拉着行李、挂上潇洒的耳机，把那个在感情里疲惫不堪的自己，半强迫性地推上了飞往澳大利亚布里斯班的班机。我努力让自己昂起头、迈开自信的步伐，迎接这趟即将改变生命的旅程。

　　在出国之前，我听过一些朋友说："工作了几年好累，真想出国自助旅行一段时期哟！"但他们担心自己的英文不够好，钱赚得不够多，不知道旅途中会遇上什么麻烦，所以迟迟不愿意展开行动，可我不是这样的人！

　　如果一个人自由自在、没有牵挂，还有体力的时候不去旅行，那么，到底要什么时候出发呢？况且，老天不会给你一条死路走的！当你身处在英语系国家、英文又不够灵光时，一定会逼迫自己开口说英文！所以，当我去当地的银行开户、面对窗口的办事员时，绞尽脑汁地把自己过去所有学过的英文词汇全都用上了！

最后，当我在银行门口紧握着那张办理成功的提款卡时，我深刻地体会到，克服了一件原本自己不会、不擅长的事情时，内心会有多大的喜悦！

✳ ✳ ✳

一个月后，我离开了布里斯班，坐着火车来到黄金海岸，带着履历表、挨家挨户地找工作，最后在一家日本料理店找到了包寿司的职缺。

在那家店里，我学会了做寿司，可以独自清理一条鲑鱼、拌十五公斤的醋饭。但是，往往天都还没亮，我就得赶去上班，着手准备开店的事宜，每天工作十四个小时是家常便饭；到了后来，我的右手腕因为受伤，连扭开水龙头都很吃力，但我一点也不觉得辛苦。

每天下班时，我拎着鞋子、踏着浪花回家，看着蔚蓝色的大海，常常想起远在台湾的家人……

在工作中，我认识了一位很照顾我、疼爱我的大姐姐，还有一位可爱的日本女同事，她会在我休假后的隔天，拉着我的衣角，用不标准的中文对我说："我想你！"后来我们成为好朋友，回到台湾后，她甚至还从日本飞来台湾找我。另一位贴心的香港室友，他利用休假带我去澳洲东岸的拜伦湾吃冰淇淋，让我看见了此生最美的风景，以及在海中跳跃的海豚！

第一次，我开着右驾的车在路上行驶，结果吓出了一身冷汗……

当时的我真的很孤单，还遭遇了钱被偷的倒霉事，心中累积了很多的负面能量……有时候，我以为有了希望却在一瞬之间落空，让我突然变得软弱起来，经常把自己关在厕所里痛哭。但现在的我清楚地明白，当时所得到的，远远比失去的还多。

我很想念那时候在澳洲过的单纯生活。站在阳台晒衣服时，看着那些仿佛伸手就能触摸到的云朵，心情好好；看到香港室友做蛋

只要有心，梦想就可以一个个地实现。

包饭给我吃的时候，用西红柿酱淋出了一张笑脸，也让我心中顿时充满了暖意……

有一天晚上，我搭上最后一班巴士，看见一个外国年轻人在车上弹着吉他、唱起情歌，一唱完，全车的人都报以热烈的鼓掌，令我感动不已……看着自己当时独自在国外旅行的照片和日记，真的觉得超有勇气的！如果现在要我再一个人拖着行李，飞到某个国家，独来独往地生活几个月，应该是不可能办到的事吧！

＊ ＊ ＊

这几年去澳洲打工度假的人愈来愈多，有些人会问我在国外生活有什么感触，或是希望我能给他们一些过来人的建议。我总是告诉他们，每个人的人生际遇不同，我不能保证你会遇上什么好事、坏事，可是，人一辈子一定要出走一次，就算是三个月的时间也好！有一天你会发现，它真的会影响甚至改变你的一生！

很多人把"改变"想成是一件糟糕的事，不敢跨出一步，去尝试新的生活。如果你也把"改变"想得很糟糕，真的太可惜了！

你难道不知道，你的人生是用自己的脚步一点一滴累积出来的？

给自己一个去实际体验不同生活的机会，结交来自不同国家的朋友，或是到一个未知的地方探险，接受更多的冲击和挑战……比起生活在一成不变的环境里好太多了！

其实独立是一件很美好的事，去突破你原本以为自己不行的盲点，然后发觉"自己好强哟"这种感觉也不错呀！

相信靠自己挣来的一点小小的成就，都会是你一辈子的骄傲。

不要害怕踏出改变的第一步，就算失败了，真的也不会怎样，因为人生还有好多条路可走，不是只有现在经历的这些而已。不要害怕失败，有勇气的人就能得到梦想中的生活。而当你在取笑别人的梦想时，就已经扼杀了自己拥有更多可能性的人生。

从小到大，我一直没有什么远大的梦想，但是在小小地闯荡了世界一番之后，我懂得了如何认真地生活，活在当下。梦想一直在每天的生活里实现着，努力去完成它吧。

"买条便利商店的巧克力送给你，你也能感动成这样！"曾经

你是我
疲惫生活里的
温柔梦想

有人这样对我说过。

　　我很喜欢这样容易满足的自己。生活中只需要一点点的小确幸就能得到快乐，这些快乐并不是别人给的，而是取决于你如何看待自己的生活，靠自己的力量完成了什么。

　　我相信只要有心，梦想就可以一个个地实现。虽然实现梦想的过程，也许要经过一番长途跋涉，有很多困难需要克服，可是路途中经历的一切，就是最好的收获、最美丽的回忆。

　　当你实现了心中那些小小的梦想，这一生已足够精彩。所以，现在就开始出发，让将来的你为自己的勇气喝彩吧！我知道你们每一个人都办得到！

工作代表着你的生活

现在的我，选择了自己想要的生活，真的很快乐！那些决心离开让自己不开心的工作环境的女孩们，大多也很快乐。所以，这样的决定不需要"可是……"的借口。

亲爱的！别犹豫了！此时就是你实现梦想最年轻的时刻，鼓起勇气为了想要的生活闯一闯，也许你会看见不一样的自己。

在拥有像现在这样，可以自由自在、无拘无束的工作之前，我一直都是个没办法待在一个让自己不快乐，或自己不喜欢的工作环境太久的人。所以，在经过一段适应期后，如果发现眼前这份工作还是不适合自己，我就会选择毅然决然地离开，再换下一份工作。

和朋友聚会时，我常听到他们抱怨工作多辛苦，老板又有多么可恶！或在茶水间听到同事们的谈话时才发现他们的心机有多重、在工作场合遇到的客人有多么难搞……可是，当我建议他们离开这份令人讨厌的工作时，大家都双手一摊，没有人想要采纳这个意见。

现在经济不景气，很多年轻人担心找不到工作，其实我还蛮不怕换工作的，我比较怕工作时不快乐！我觉得，工作是自己选择的，如果真的做得不开心，大可以离开，去找寻另一份更适合你的工作，而不是当一个成天只会抱怨、却不愿采取行动去解决问题的人。

如果你是餐厅的服务生，却不想带着笑脸去服务客人，或是对这份工作已感到十分厌倦，就不要继续从事服务业的工作。有人会说："可是，如果不做这个，要做什么？我又没有其他的一技之长……"就因为这样，你决定也让每个遇见你的客人不开心吗？这些"可是……"的理由，只是你害怕改变的借口。

每个人都有自己的长处，如果你真的找不到自己的专长，不妨努力发掘自己的潜能。也许你有一个清晰的数字脑，适合当会计；或是你的沟通能力强，可以做好对外的协调工作，适合当公关；也许你善解人意、刻苦耐劳……这些优点都能在不同的工作场合发挥作用。

如果你正处于不快乐的工作环境里，不妨试着静下心来想想，自己梦想从事什么样的工作？然后每周拨一到两个小时的时间，去学习实现这项梦想的工作技能。

我曾经看过一个连锁便利商店的广告，在广告中，一位叫林德和的店长说："运动和阅读，做了就是自己的，别人带不走。"我觉得很有道理。学习新的东西总是有益无害的，不仅可以学到更多新的知识，也可以借此培养一些不同的兴趣，何乐而不为呢？

　　或者，你可以扩大自己的交友圈，去认识不同领域的朋友，了解其他行业的甘苦，更能明白自己想要的工作是什么。就算你不知道自己想要的是什么，至少要知道自己不想要什么，不妨用"删除法"来做选择。

＊　＊　＊

　　有个朋友在一家公司工作了五年，她说："这份工作食之无味、弃之可惜，但我不敢轻易换工作，怕家人会担心、亲戚会说话……"

　　我告诉她，不需要在意别人所说的"你怎么一直换工作啊？稳定性不够哦"这种事不关己的话。说不定，对方的工作也不是他真正喜欢的！最重要的是，你必须勇敢去尝试，才能知道自己适合什么工作。

　　如果你一直待在一个自己明明不喜欢却又不愿离开的地方，要

此时就是你实现梦想最年轻
的时刻，鼓起勇气为了想要的
生活闯一闯，也许你会看见不
一样的自己。

怎么得到心中向往的梦幻工作，并且将自己的才能淋漓尽致地发挥出来呢？

现在的我，选择了自己想要的生活，真的很快乐！那些决心离开让自己不开心的工作环境的女孩们，大多也很快乐。所以，这样的决定不需要"可是……"的借口。

亲爱的！别犹豫了！此时就是你实现梦想最年轻的时刻，鼓起勇气为了想要的生活闯一闯，也许你会看见不一样的自己。

幸福快乐在你的手中

　　有句话说"近朱者赤，近墨者黑"，和什么样的人在一起，我们很自然地也会成为类似的人。我发现和这位朋友相处久了后，我也变得和她一样，对于那些善良美好的人、事、物不吝于赞美，看到他人被夸赞时开心的表情，我的心情也变好了！如果生活中充斥着美丽的风景，你看到的都是每个人的好，那么久而久之，快乐就会如影随形。

那天，朋友用Line传了一篇八卦版的文章给我，整篇那么长的文章中提及了不少关于我的事，但是没有一句是正确的（除了"百勒丝老公很帅"这句）。

每次看完这种无中生有的文章后，我都会不禁苦笑，然后纳闷着："怎么有人肯花这么多时间在自己根本没有兴趣的人身上，结果辛苦研究了半天还讲错！"

我一向很讨厌飞短流长，对于别人的八卦一向不会去听，更不会散播那些不实的谣言。对于那些暗地里中伤、批评我的人，我只希望他们有一天也能得到幸福，或是靠自己的力量努力追求属于自己的梦想。

在网络上，虽然常常可以看到一些酸言酸语，但这样做不仅会让人觉得小家子气，还可能会吓跑原本喜欢你、欣赏你的人，真的不值得。

我常觉得，如果第一时间感觉到自己不喜欢某个人，那就表示我还不够了解他。所以，我总是提醒自己，尽量不要用有色的眼光去看待他人！虽然人与人之间难免会有摩擦和隔阂，有时候内心还是会被当下的情绪所影响，但很多的误会其实都是因为我们抱持着先入为主的成见，想着："没错！事情一定就是这样！"遇到某些不合乎常理的状况时，我们常会用自己的想法去揣测对方："可恶！他就是这样的人！"但后来从一些陌生人的口中，听见关于自己的荒谬传言时，我才突然理解到，实在不应该随便妄下定论。

✳ ✳ ✳

从小，爸爸对于我的生活教育就相当严格，让我在做每一件事情时都会先试着站在别人的角度去想。即使对方并没有察觉或根本不在乎，我也无所谓，至少我没有让他们觉得难受，也对得起自己。

有的时候，你不喜欢一个人，也许只是因为你不了解对方，或者人家和你不熟，当然不可能莫名其妙地对你好，人心没有这么复杂的。扭曲的心和善良的心只在一线之隔，就这么简单而已；你抱持不同的心态去看待一个人、一件事，结果往往是天壤之别。

* * *

国中的时候，有些同学会故意模仿我讲话时细细的声音，让我觉得很不开心。所以到了现在，有时我还是会刻意压低自己说话的声音。

有一次，我认识了一位新朋友，一见面，她就开口说："百百，你的声音好可爱哟！"顿时让我的内心小鹿乱撞……我发现这位朋友很容易对身边的事物抱持欣赏的角度，常常会发出赞美之声，比如夸奖朋友身上穿的服装很漂亮、迎面走过的女孩像侯佩岑、路边的狗狗超可爱……

有句话说"近朱者赤，近墨者黑"，和什么样的人在一起，我们很自然地也会成为类似的人。我发现和这位朋友相处久了后，我也变得和她一样，对于那些善良美好的人、事、物不吝于赞美，看到他人被夸赞时开心的表情，我的心情也变好了！如果生活中充斥

着美丽的风景，你看到的都是每个人的好，那么久而久之，快乐就
会如影随形。

✳　✳　✳

如果你羡慕别人拥有多彩多姿的生活，那你就更应该努力追求
更棒、更精彩的人生，而不是只会在嘴上抱怨、抱怨、抱怨，否则
到了最后，你还是什么都没有啊！

从前，我也常常羡慕一位自己十分欣赏的女孩，看到她在工作
上的亮眼表现，而在心中给予百分之百的肯定；因为她有位深爱她
的另一半而替她感到高兴，看到他们常常一起出国、享受人生的幸
福模样，我也忍不住微笑！然后，我告诉自己："有一天，我也要
成为这样快乐生活的人！"

我一直努力这么做，如今也拥有了令自己心满意足的生活。在
网络上分享给你们的喜怒哀乐，都是我正在进行的生活，从以前苦
的、酸的，到现在甜的、乐的，这些都是我经过十几年的摸索、成

当你含着泪、带着微笑的时候，世
界也会因你而美丽。

长，所领会到的事情。

　　天下没有不劳而获的事情，更没有嫉妒别人你就会幸福，而原本幸福的人就会不幸福的道理。

　　认真地生活，靠自己的能力去完成心中的梦想。如果你不想这样做，那就算了！是你自己不要的，不是其他人害你的。与其一味地羡慕、嫉妒别人，不如认真、安分地过好自己的生活。你想过什么样的生活，都是自己的选择；你可以用自己的双手改造自己的命运，相信你是知道这个的。

活着的每一天

伤口总会慢慢地愈合，包括你四分五裂、万念俱灰的心，要珍惜自己目前所拥有的，相信有一天，自己一定可以从伤痛中走出来，过得更好。

百百很喜欢泰戈尔的一首诗："生如夏花之绚烂，死如秋叶之静美。"

愿我们活着的每一天，都能努力让自己的人生如花般绽放；在经历了许多挫折、泪水的洗礼后，仍然不停歇、不气馁地向前走。

人生中总有些时刻，你以为自己的世界即将天崩地裂，就算你安然无恙地度过，也觉得是上天故意留你活口，好让你在无人之境继续承受心碎之痛……

我也有过这种"还有谁会比我更惨"的悲情时刻，心里总是有种像是被人用毛巾拧着、扭干一样的感觉，虽然不快乐也不想振作，任凭自己意志消沉地过一天又一天……

2012年，百百收到了一位叫小N的女生写来的信，她让我看到自己的伤痛是多么微不足道。

小N是一位27岁、正值青春年华的女孩，她有一位稳定交往了四年的男友，原本两人一起努力计划着未来的人生，但很不幸，有一天小N在下班回家的路上被一台违规超速行驶的大型货柜车给碾到了……这场车祸彻底改写了她的人生。

在医生们的紧急抢救之下，小N死里逃生，捡回了一条命。接下来一年多的时间里，她长期住在医院里，而男友和家人们也都陪伴在她身边。男友向小N保证会一直照顾她，这个力量支撑着她忍受了一连串痛苦的治疗和复健过程。

刚开始，男友努力帮她搜集了各大医院的资料，希望她能转院，得到最好的治疗。可是家人担心若有任何闪失，可能会失去女儿宝贵的生命，加上小N的情况还不稳定，并不适合转院，所以没有答应，心急的男友因而常常和她的家人起冲突。

在信中，小N告诉我，她被医生宣布脖子以下可能终身瘫痪，这令她伤心欲绝！每天，当她躺在病床上无法动弹也无法说话时，只能无奈地盯着天花板，偶尔还会听见前来探病的男方亲友们在他的身边耳语："唉！你如果现在不和她分手，就得照顾她一辈子……""她会耽误你一生的……"

这样的对话就像锋利的刀子般，一字一句地刺进了小N的耳里，但身体打满钢钉的她，只能无助地躺在床上，无语问苍天；除了难过地哭泣，她什么也无法做……

过了一年，小N终于能够离开医院，此时，却发现男友早已经和另一个女孩同居了。

故事到这里，我已不忍心看下去，从电脑桌前起身，走进洗手间，大哭了一场。

"我其实不怪他劈腿爱上别人，因为没有人规定，谁一定要爱谁一辈子。今天不管是谁，遇到了交往对象可能终身瘫痪的现实都一定会软弱，想要逃避现实，人的内心本来就是脆弱的，就算今天男友的角色换作是我，我也会犹豫……"

小N努力将男友的行为合理化，却又难掩内心的悲痛。

"现在的我虽然不能走路了，但每天仍然努力地复健，我想让自己的身体越来越健康，因为未来还有好多好多的挑战等着我……

"我也知道，在这个世界上，真正会对我不离不弃的，是最爱我的家人，以及一路支持我走来的朋友。"

＊　＊　＊

看到小N的信，我很心疼她的遭遇，也为她的勇气感到骄傲。

在经历过那些令人无法想象的过往后，她依然抱持正向心态面对人生，这样的勇敢坚强是我望尘莫及的。也许要经历过生离死别后，我们才会发现，那些曾经以为的伤痛是多么的微不足道。

　　看了小N的故事，我更确认一件事：只要平安健康地活着，走在自己选择的道路上，就是最幸福的事。不论发生了什么快乐或悲伤的事，日子还是一样要过，明天的太阳还是会升起、落下……当你含着泪、带着微笑的时候，世界也会因你而美丽。

　　伤口总会慢慢地愈合，包括你四分五裂、万念俱灰的心，要珍惜自己目前所拥有的，相信有一天，自己一定可以从伤痛中走出来，过得更好。百百很喜欢泰戈尔的一首诗："生如夏花之绚烂，死如秋叶之静美。"

　　愿我们活着的每一天，都能努力让自己的人生如花般绽放；在经历了许多挫折、泪水的洗礼后，仍然不停歇、不气馁地向前走。

亲爱的！没有人是天生就勇敢的，勇气是需要反复练习的。在你厘清了自己的所有感觉，看清了自己想要的是什么，也明白了自己真正需要的爱情以后，时间会带走一切。而当从前那些爱与恨都消失殆尽时，有一天，那个疼爱你的人就会带着微笑，走到你面前。

Chapter_THREE

勇敢，相信爱

时间不会永远停留在同一点上，你只能勇敢地走下去。

逝去的爱情

　　亲爱的！没有人是天生就勇敢的，勇气是需要反复练习的。在你厘清了自己的所有感觉，看清了自己想要的是什么，也明白了自己真正需要的爱情以后，时间会带走一切。而当从前那些爱与恨都消失殆尽时，有一天，那个疼爱你的人就会带着微笑，走到你面前。

　　每次收到网友一封又一封的来信和私信，其实我的心里都是受宠若惊的。不论这些故事是喜是悲，你们都告诉了我，我的存在，让你们决定使自己变得更好。

　　我真的理解这些支持的力量有多重要，因为我曾经被打倒过、需要他人的鼓励才能站起来，所以深深地被你们所感动着。但收到这些信时，我的内心有两种反应同时出现，一方面感谢你们对我的信任，另一方面则是有些紧张和困惑：要是我说错话，或是我的意见不受用怎么办？毕竟在爱情里有太多太多的例外，而每个人都有不同的个性，也造就了不同的命运。也许照我说的方式去做，又会有新的问题出现，我无法要求你们一个口令一个动作地去做。

　　在女孩的来信中，我看到了她们在感情中的种种不快乐，比如男友突然情变、爱得太辛苦、走不出过去的阴霾……那些身处在黑暗的迷雾中、悲伤的沼泽中的心情，我完全可以体会。

　　我常常和女孩们说的一句话是："真正的爱情，是不会让你感到一丝丝困惑甚至怀疑的。"

　　但是，爱情的问题有时真的得靠自己去寻找解答，别人无法代替你去摸索。也许当你经历了很多次的心碎之后，就会找到答案，而缘分总会在你准备好的时候出现。

过去在感情上遭遇的那些荒唐事件，让我更加认识自己，更加看清楚自己想要的是什么，也能够一眼分辨出，眼前的人究竟适不适合自己。

当你勇敢地追求爱情之后，即使失败了也无所谓，那就好好大哭一场吧！所有的眼泪、心痛都是爱情必经的过程，没有体验过这些，你怎么知道自己到底要什么？相信我，如果你现在不快乐，那是因为你还不知道自己想要的是什么，想谈一场怎样的恋爱！

也许分手之后，你觉得有什么东西一直卡在你的胸腔和喉咙之中，促使你的泪腺随时会崩溃决堤……

原本活泼的你变得冷漠，多话的你变得沉默不语，你在笑的时候也觉得一阵心酸，甚至嘴角僵硬……

分手之后，也伴随着你必须改变多年来养成的种种习惯，为你的人生带来了许多冲击，让你的生活变得和从前不一样了。

可是，我们不能只在乎这段失败的感情带来什么后遗症，而应该考虑接下来，你要把自己变成什么样。每天看着你因为失恋而哭哭啼啼、自怨自艾，姐妹们都快要翻白眼了！

此时，你需要时间来修复你破碎的心。不用急！没有人催促你，心是你的，这时候更不应该属于谁。

也许你可以去另一个城市走走，吹吹陌生的风，蹲下身来摸摸别人的狗……就算你可能会不小心哭了，那都没有关系，因为你正在"度过"一段人生中难以承受的伤痛期，这是很棒的。

你必须接受一件事实：无论当初的相遇多么美好，过去的回忆多么甜蜜，你和他曾经如何相爱，真的都过去了，那些时光也不可能回来了！时间不会永远停留在同一点上，你只能勇敢地走下去。

❋　❋　❋

在结束上一段不堪回首的感情后，我突然有了一股想要振作的念头，于是报名参加了两堂艺术课程，用油画来填满少了感情滋润的空窗生活。此外，我也接受了专业的调酒训练，结果考到了一张调酒证。

我买了两幅千片拼图，利用下班的时间在家里拼凑、完成它；也常练习弹钢琴，学会了不少新的曲目。

我和姐妹们一起结伴出游踏青，对于过去的他采取"不闻、不问、不提起"的"三不态度"，也不许朋友提起他的名字。渐渐地，我找回了一个人的快乐，努力让自己过得更自由自在。

我常常建议身边失恋的朋友，把生活的重心放在学习新的事物上，像是学画画、学编织、学外语、学乐器，不管你有没有接触过这些东西，都不妨试试看。

也许有些人会说："我也不知道自己是不是有兴趣？还是算了吧！"

即使只有三分钟热度，学了一个月之后就不想学了！你只不过是发现这个东西不是自己喜欢的，那就报名参加另一门课程，说不定会因此找到自己的另一份专长！

如果你把每天花在想念他上的时间拿来好好地打理自己，去学一个新的语言和技能，早就不知道可以认识多少人、学会多少本事了。

✳ ✳ ✳

就在我决定对自己好，轻轻松松地过生活，并且找到生活的目标，准备去好好地接受另一个人时，说巧不巧，雷门就这样出现了！

亲爱的！没有人是天生就勇敢的，勇气是需要反复练习的。在你厘清了自己的所有感觉，看清了自己想要的是什么，也明白了自己真正需要的爱情以后，时间会带走一切。而当从前那些爱与恨都消失殆尽时，有一天，那个疼爱你的人就会带着微笑，走到你面前。

真正的爱情，是不会让你感到一丝丝困惑甚至怀疑的。

坚持勇敢

亲爱的，此路不通，就走另一条路吧！他不爱你，你就勇敢地放手吧！因为你的幸福，是从牵起对的人的手开始的。我知道要这样做很难很难，但是就像百百经常提醒大家的：人活着就是要往前走，你踏的步伐越正确，离现在的痛苦就越远。

世界真的好大，当你整理好自己，遇上一个很棒的人之后就会发现，过往那些崩溃、伤心的眼泪都是最划算的投资！

有一天下班时，我一个人开着车回家。天气很冷，许多店家都挂上了透明的挡风布，避免大风吹翻了物品。

紧闭着车窗、坐在车里的我发现四周格外安静，因此打开了收音机的电台频道，一首自己很久以前喜欢的歌曲流泻出来，我跟着旋律唱着，不知道为什么，突然想起了一位好朋友……

其实，我们前几天才见面，但我的心里一直记挂着这位好友。单身的她，有着坚强的外表，即使在她最孤单的时候，依然对身边的朋友、同事，也包括我，露出了最自然的微笑。

我常想着，当她一个人举起手上的红酒杯时，心里在想些什么？她因为感冒发烧，一个人躺在床上皱着眉时想着什么？那些不曾从她口里听到名字、我也没见过的陌生男人，待她好不好？而在她与大家开心地笑闹过、散场了之后，有没有人曾想过要好好地照顾她？或许他们会发现，那是一双值得被牵起的小手。

如果此时她跟我一样听见这首歌，我知道，我们的感觉会是截然不同的。

我真的很希望，在感情的路上一路走得坎坷，总是遇不上好男人

你是我
破茧生活里的
温柔梦想

的她，也能够拥有属于自己的幸福，就像现在的我感受到的一样。

　　我很少再回想过去的生活，那些日子太黑暗、太狼狈、太多酸楚，赌上的青春虽然已经逝去，可是，现在的幸福远远超过、也覆盖过了所有的伤痛。

✳　✳　✳

　　有时候会想起过往生命中曾失去的种种……

　　一只陪伴了我十几年，会陪着我一起弹琴唱歌、舔干我的眼泪的狗。

　　那台国中时自己辛苦存钱买下，一度想要变卖的钢琴。

　　一位疼爱我、关心我的小阿姨，她因为一时想不开，结束了自己宝贵的生命。

　　那个还没等到下一次的饭局，就因为意外而离开人世的朋友，而我的手机里还留着她的电话……

　　几年前，因为和前男友起争执而在脸上留下的伤，以及瞬间在心里毁掉的对他的爱以及信任……

以前的我，看见西莎广告里那种会舔眼泪的狗，都会忍不住想：要是给我养的话，它一定没机会口渴。

那时的我，任凭前男友劈腿或看不起，每次在哭完之后又立刻擦干眼泪，笑着对他说："没关系！我知道你会回头的。"不在乎自己在对方的眼中有多卑微或被讨厌，只要他能踩在我的肩上笑着就足够了。

当时，一个人在棉被里、车子里放声地大哭，是家常便饭的事。我很生自己的气，永远都是生自己的气；我不理解，为什么自己如此努力地付出，他还是不要我，或者是他要我，却也要她。

不知多少次，我以为已经可以在爱情里从头来过，展开新的生活，却在一次又一次地失望后，继续过着萎靡不振的生活。

* * *

认识雷门后，我第一次体会到了所谓的幸福，当我被他小心翼翼地捧在手心时，还会怀疑地问自己："这样真的可以吗？"

　　然而，当我知道现在拥有的才是正常的情爱关系时才明白，原来以前我以为至死不渝的爱情，其实都只有"我爱你"而已。

　　真正的爱情，应该是完整的"我爱你，你也爱我"。

　　都多大岁数了，我才真正地了解感情的定义，更何况是十几二十岁的你们。

　　我知道，很多人对于我经常在网络上分享自己的爱情生活感到不以为然，甚至觉得刺眼！但我努力传达自己的感同身受，是想让你们知道，不管你曾遇见了多么糟糕的对象，或是你现在的生活有多少苦痛，只要不放弃自己、不放弃爱的信念，就有找到真爱的可能。

　　或者，你已经放弃了，请一定要重新振作起来！不论你从对方口中听见多少荒唐的答案，做过多少错误的选择，最终，请坚持你的勇敢。

　　当你遇到感情风云变色时，请相信你的天并没有塌下来，只是还没找到真正可以为你遮风避雨的那片天空而已。

　　面对两种截然不同的爱情道路时，很多女孩会选择坎坷的那一

人活着就是要往前走，你踏的步伐越正确，
离现在的痛苦就越远。

条路，把期待放在错误的人身上。

　　亲爱的，此路不通，就走另一条路吧！他不爱你，你就勇敢地放手吧！因为你的幸福，是从牵起对的人的手开始的。我知道要这样做很难很难，但是就像百百经常提醒大家的：人活着就是要往前走，你踏的步伐越正确，离现在的痛苦就越远。

　　世界真的好大，当你整理好自己，遇上一个很棒的人之后就会发现，过往那些崩溃、伤心的眼泪都是最划算的投资！

分手之后

　　我了解，分手后那种让人痛彻心扉的感觉。不过，爱情并不是人生的全部，在结束一段感情后，除了哭天抢地之外，你必须让自己得到一些成长，让它在你的生命中具有更大的意义。当一段感情落幕时，不妨给自己一段时间去沉淀、思考，什么样个性的人更适合自己。

　　我的女性友人小爱，前阵子刚和交往逾十年的男朋友分开了，原因不得而知，或许是男友喜欢上彼此都心知肚明的"那个人"了；也或许是两人从学生时代就在一起，交往至今，男友从来没有结婚的打算；或者，男友对这段感情感到疲倦了，所以决定主动提出分手。

　　不管分手的理由是什么，分手这件事，对于事事总是依赖着男友，认定他就是全世界的小爱来说，是一个多么大的打击啊！

　　最重要的是，她不知道要怎么去面对和适应，从爱上他那天起就没想过的一个人的生活。

　　她开始每天喝酒，借酒消愁；甚至在半夜睡不着时，顾不得自身的危险，独自去附近的公园散心。

　　和朋友聚会时，她的话题八九不离十，谈论的都是前男友；并且逼问着那些分手后，仍然和她前男友来往的朋友，想得知前男友的近况。她甚至责怪那些明知她男友出轨却不说的朋友，还有那些在她和男友因为分手问题而闹得不可开交时，没有选择站在她这边的朋友。

　　那阵子，一位女性友人塔塔代替了大家照顾着小爱，很尽职地陪她一起去喝酒，听她诉苦，并且不时地带着她四处走走，劝她要想开一点。此外，她也努力地帮小爱介绍新的对象。

　　其实，我不是很赞成在短期内帮刚失恋的小爱找到新男友，因为我知道，小爱根本还没有走出那个她拼了老命挖掘的超深黑洞，还在把求生的梯子往外丢，活在她自己塑造的悲剧情境里。

　　倘若在这样的情况下展开交往，到底是因为刚刚失恋而感到愤世嫉俗的小爱比较可怜，还是另一位勇于追求小爱的男孩比较惨呢？

　　很多人都说，分手后最快走出情伤的方法，就是马上交一位男（女）朋友，这样可以分散自己的注意力，忘掉旧爱带来的伤痛。

　　这个做法听起来是多么不负责任又自私懦弱！也许你因为一个人的生活乏味，需要爱情的慰藉，但这并不是让你再次去伤害一个人的理由。

　　或许他无微不至的照顾和关心让你心生愧疚感，并且怀疑，以后是不是不会再遇到这样的人？可是，不能光凭这个优点，就忽略了自己内心的渴望。

你心知肚明，彼此并不适合，他尽力为你做的那些事情，也不是你真正想要的；你需要的男友条件，他没有一项符合。

如果你深深地爱上一个刚失恋的人，而你也愿意敞开胸怀，给予他温暖的拥抱，帮助他抚平伤痛；你付出了比谁都多的爱，细心地呵护他，但是，一年后，他还是离开了你，去寻找心中的真爱。

也就是说，这一年来，他待在你身边只是为了疗伤而已，并不是真的因为爱，甚至他的心里根本没有你。也许当时他只是需要一个避风港，对方是谁其实不重要……

请问，你会有什么感觉呢？

爱情并不是儿戏，千万不要以爱为名，伤害了对方；也不要为了忘记一个人，而选择和另一个人在一起。

你说："我以为自己可以忘记他，我以为时间过得够久，我就会渐渐地喜欢上他，我以为我可以……"

天啊！明明一开始你就知道自己做不到，却还是接受了他的付出、他的疼爱，最后却让对方抱着"为什么你不爱了"的遗憾离去，让他成为下一个最初受了伤的你。

* * *

有很多女生对我说，她们跟男友提分手的主要原因是对方有很多她们无法忍受的缺点（包括不够爱她），她们可以逐一列出清单，算是头脑相当清醒且行动果断的女孩。

但是过了几个月，又会听见她们说，持续和男友保持联络，对方也提出了复合的要求，因此单身几个月的她们，信心又开始动摇了……

有个女孩问我："百百，你觉得我该跟他复合吗？他保证不再做那些以前我不喜欢的事，他说他还是喜欢我，可以为了我而改变……"

对于女孩提出的问题，我只希望她想清楚再做决定。

如果连你自己都质疑自己的话，我有什么资格肯定你的决定呢？

为什么你想了很久，好不容易做出了分手的决定，却又轻易地重蹈覆辙呢？

对方为了跟你复合，说出"绝对会改变自己"的话，通常都只是在压抑自己内心的感受而已，或是还没有找到下一个目标。

我曾经看过一个朋友的例子，她以为一心想要复合的前男友很专情，因而动摇了，但一个月后，对方就和新女友出双入对了，反而是被甩的正牌女友整天哭哭啼啼的，茶不吃、饭不想，一夕之间爆瘦了五公斤！

* * *

我了解，分手后那种让人痛彻心扉的感觉。不过，爱情并不是人生的全部，在结束一段感情后，除了哭天抢地之外，你必须让自己得到一些成长，让它在你的生命中具有更大的意义，而不是将来回顾这段感情历程时，说着："哦，我交过四个男朋友，一个因为毕业分开，一个说个性不合，一个劈腿，一个……没什么！"

　　当一段感情落幕时，不妨给自己一段时间去沉淀、思考，什么样个性的人更适合自己；而不是乱枪打鸟般，随便找个人交往就可以，然后，这段感情很快又草草结束，却始终无法理解对方离开的理由。

当下不错过，转身不留念。

回到爱最初的样子

　　生活中，有的人会让我们哭，有的人会让我们笑，但是，有很多的遗憾都是注定存在的，只为了成就未来那个更美好的你。好女孩终究会得到幸福。

　　倘若现在的你正为了爱情痛苦不已，在深深地感受过、用力地宣泄过悲伤后，请记得，回到最初相信爱的样子。

　　和朋友聚会的时候，大家一如往常地聊着彼此的近况，以及在感情上的种种。

　　那天，一位朋友问我："我和男友交往了一年，最近觉得他的态度似乎变了！他已经不再是以前认识的那个他……你觉得我们还能够在一起吗？"

　　但是，分手这件事谈何容易，只要经历过的人都能了解它的锥心之痛。

　　我告诉她，如果双方经过多次的沟通后，情况还是没有改善，对方也不愿意做出任何改变，让你一而再、再而三地为了同样的问题困扰，也许就没有必要执着下去，让两个人都备受煎熬。况且，每天活在压抑和隐忍的情绪之下，往往很快就会厌倦彼此。

　　人会因为喜欢而在一起，但爱和不爱，是在相处过后才能决定的。两人交往的时候，不需要去计较谁的脾气差、没耐心，谁的个性任性、蛮横不讲理，你们会分开也不是因为他错、你不好，仅仅只是不适合而已。

　　没有人生来就能和另一个人完全配对，也不是你深爱的人一定会陪你走到最后。而当其中一方对于这段感情开始感到疲乏、不愿意再多做付出时，不如选择和平分手，并且祝福彼此在分开后都能找到更适合的对象。

　　有句话说的是，"拆散一对怨偶，成全两对佳偶"，当感情出现了问题，不一定要争个你死我活，哭到肝肠寸断才罢休。

　　两人起争执的时候，你常常忽略了最初追求的爱情本质是快乐，卡在钻牛角尖的死胡同里，想着"可是，我们以前那么快乐、那么相爱……"宁愿在感情的一摊死水里循环再循环……而在每一次辛苦地挣扎后，不但削弱了好不容易建立起来的自信心，而且什么也没有改变！

　　我必须残忍地说，当一段爱情扭曲变质的时候，它就不可能再变回原形。

　　穷追猛打、用眼泪逼问得来的，往往都是伤人的答案，不是吗？

　　很多的争执、伤痛、眼泪都是感情中的必经过程，要是没有这些，你不会领悟到，自己适合什么样的人；也不会知道，什么样的感情模式才是你想要的。

* * *

我曾经在一部偶像剧里看到一对男女主角相处的模式。剧中，女生总是一心一意地配合着男友，并说了很多她以为对方想听的话。

最后，当男友发现事情的真相后，她才可怜兮兮地向男友解释："对不起！我平常真的不是这样，我只是因为太害怕你会离开我，所以……"

其实，一段感情是如何开始的，它就会照这个模式延续下去。如果你在恋爱一开始，就失去了自己原本的样子，往后就只能靠着压抑自己的感觉、委曲求全来维系这段感情。

但是，这样的情况能持续多久呢？真的会换来好的结果吗？而你快乐吗？就算你真的很爱他又如何，他所爱的已经不是最真实的你了。

有很多的遗憾都是注定
存在的，只为了成就未
来那个更美好的你。

* * *

有位女孩写信给我说，男友经常背着她跟其他女生搞暧昧，甚至发生了性关系。最后，男友还向她摊牌，摆明了自己就是喜欢在爱情中追求刺激和新鲜感。

看到这里，我差不多气到快吐血了！没想到，女孩竟然在后面加了一句："可是他说，他真的很爱我！你觉得我应该等他吗？"

傻女孩，爱情若用说的就有用，那全世界都很爱你啊！

或许，你想到他曾经对你的好，心里感到很不舍，但那毕竟是从前的事了，脚踏两条船本来就不对。要是遇见不疼爱你的人，别怀疑，就当机立断、大方地离开吧！倘若继续留在他身边，那就表示你也默许他这么做。

很多人和前男友牵扯多年只是因为不甘心，所以一直不肯放手，结果到了最后什么都没有，包括你最宝贵的青春，只换来一句"活该"！

每个人都有选择爱与被爱的权利，千万不要让自己在爱情中变得没有尊严，或是被对方看不起，甚至成为男生眼中"招之则来、挥之则去"的那种女生。

"我平常真的不是这样，我只是因为太爱他……"我知道很多女孩认为对方喜欢这样的自己，宁愿忽略自己的感受而努力地去迎合对方。

这么做，真的是太委屈自己了！

即使你的外表长得可爱、漂亮又听话，他要求的你都逆来顺受，努力地成全他想做的事情，这些都无济于事。

残忍的是，为他做了这么多的你，却比不上另一个在他眼里充满自信的女孩。那个懂得活出自我的女孩，她脸上发自内心的快乐笑容，比狼狈付出的你，美丽一万倍！

在爱情中，我也疯狂过、扭曲过、骄傲过、枯萎过，做过一些不光彩的事，而"昨日种种譬如昨日死"，这些经验真的都是人生必备的良药。

如果你没有承认自己的脆弱，深深地痛过、哭过，又怎么会了解，"勇气"是一个听起来多么艰难，但明明就很轻易能够拥有的东西。

我常说："当下不错过，转身不留念。"

在你伤心难过、暗自哭泣过后，请拿出勇气来，去追求一个更美好的自己，相信整个世界都会变得不一样了！

这一刻是属于你的新生，你绝对不会只能是那个"等待他回头"的小可怜。

＊　＊　＊

生活中，有的人会让我们哭，有的人会让我们笑，但是，有很多的遗憾都是注定存在的，只为了成就未来那个更美好的你。好女孩终究会得到幸福。

倘若现在的你正为了爱情痛苦不已，在深深地感受过、用力地宣泄过悲伤后，请记得，回到最初相信爱的样子。

迎接崭新的你

露出你最灿烂的笑容，仰起头来歌唱，做最自然的自己，然后，这些就会是你吸引"灵魂伴侣"的条件 。

过了几年，再回头去看那些自己曾经做过的蠢事、以为愈合不了的伤口，真的都不算什么了。只要你坦然接受这段心碎的过程，勇往直前，就能造就下一个崭新的你，迎向真正美好的恋情。

　　在网友的来信中，我遇到过许许多多不同的案例，其中包括各种千奇百怪的男人，像是他们竟然对自己的女友说感情出了轨或跟别人上床了，只因为觉得自己还年轻，应该多见识一下外面的世界，然后加上"请你等我！我爱你"这样的鬼话。

　　我原本以为那些男人的话已经够夸张了，没想到女孩们还会问我："百百，我该怎么办才好？我要等他吗？我觉得他还是爱我的，等他玩过之后就会知道我的重要……"

　　我的天啊！谁来给我一把刀，捅死这些没良心的男人啊！女孩啊，你们是真傻还是装傻啊？我在电脑前都快吐血了，你们吐了没？

　　你可能问我："我该怎么办才好？我真的不想失去他……"

　　其实，我不能拯救你的感情、挽回你的男友，谁都不行！因为感情的所有权是你的，感受也是你的，决定让自己变成什么样子，也是你自己的选择。

　　但是，傻女孩！你的坚持并不会让这段感情变得更好，只会让自己越来越差劲，被男人卑微地踩在脚底下。

　　在感情已经宣告无药可救的时候，不妨就让自己骄傲一点吧！这是你当下唯一仅有的自尊，也是你该坚持的东西。

　　放掉那个不懂得珍惜你的男人的手，离开就离开了，被甩就被甩了，说句"拜拜"而已！

　　你本来就应该拥有比跟一个荒唐的人在一起更幸福快乐的人生；离开一段糟糕的关系，就是对自己好的第一步。

　　若是你觉得离开他之后日子空虚寂寞、不能没有他、没有他你会死……抱歉！那有问题的人是你！

　　你可怜到连自尊都没有了，如果连你自己都不要尊严了，谁会尊重你呢？这样做，不仅会让你不再喜欢自己，也会让对方更看不起眼前毫无光芒的你。

　　绝对不需要害怕失去那些只会让你过得不好、活得不自在的男人。如果此刻的你没有勇气放下，那就给自己一段时间去冷静地思考，要如何脱离这个感情的烂泥巴，成为对生活中一切感到万般美好的"百百"？要如何遇见生命中只属于你、爱着你所有一切的"雷门"？

等待一位可以把你的手牵得牢牢的人，十年的时间都不会太久；在这之前，请好好地过自己的生活吧。

露出你最灿烂的笑容，仰起头来歌唱，做最自然的自己，然后，这些就会是你吸引"灵魂伴侣"的条件。

过了几年，再回头去看那些自己曾经做过的蠢事、以为愈合不了的伤口，真的都不算什么了。只要你坦然接受这段心碎的过程，勇往直前，就能造就下一个崭新的你，迎向真正美好的恋情。

第三者

　　朋友Nia说过一句话："没有你的允许，谁都不能说你不如别人。"我感谢那些曾经在我的人生中出现的第三者，带给我的重重打击和伤害。

　　因为她们的出现，让我有机会离开错的人，遇到对的人，现在过着幸福快乐的生活。

　　在我曾经拥有的四段恋情中，爱得最深最长的两段情，都是因为对方有了第三者而结束，它们带给了我深到入骨的伤痕；即使现在的我过得很幸福，也一直无法忘记当时无法呼吸的时刻。

　　那是个什么样的世界呀！

　　当我看着一大群鸟儿从空中飞过，听到电台播放的一首情歌，甚至随便一句电影里的台词，都能让我眼眶泛红，心中有着无限感触……更别说是在我眼前相拥的恋人，电视广告中的求婚钻戒，或无意间踏上一起走过的路，以及和路人错身而过时闻到的那股熟悉的香水味，唤起的那些可怕的回忆，都足以让我全身瘫软地跌坐在地上……

　　你以为纯真的人，却在暗地里设计自己；你以为专情的男人，手中其实有十几条长线在等着大鱼上钩；你以为的好朋友，在你和男友拥抱的背后，暗地里牵着他的手……爱情，让你见识到人性的丑恶，你不知道要怎么重新拾回对于"人"的信心。

　　一开始，我坚毅又自信地经营着这段感情，不害怕表露出心中的爱意，因为知道对方深爱着我，我也深深地爱着他，完全没有破绽。我不害怕对方离开我，以为那是永远不可能发生的事，但在经历了两段被"第三者"取而代之的感情后，一瞬之间，我发现自己渺小得什么也不是了！然后，我以最卑微的模样，踏入了另外两段感情经历。

✳ ✳ ✳

现在回头想想，真的不知道当时的自己过着什么样的生活，只是因为害怕再度失去，所以一直努力地迎合对方；因为担心对方会离开自己，所以总是唯唯诺诺，任由对方予取予求。但是，还不是敌不过第三者的杀伤力。

对我来说，第三者应该是这辈子都不可能接受的人类了吧！

不过，很多当了第三者的女孩都会为自己平反，她们说："要怪就怪那个花心的男人！"

"我当时又不知情自己是第三者……"

"有没有搞错！是她男友自己来找我的耶！"

可是，不管别人的男朋友有多烂，当你知道了他很糟糕，还是

决定继续跟他交往下去；或者在了解实情后竟然还不离开，对方找你你就赴约，到底是大家都说烂的那个偷吃男人，还是明知故犯的第三者有问题呢？

你说，对方常常向你抱怨，他跟女朋友的感情不好，所以才会和你在一起，因为你带给了他前所未有的快乐；而你也心甘情愿地等待他，只是因为他说："我一定会跟女友分手的。"

为什么你没有想过，如果他真心喜欢你，就会马上跟他口中讨厌的女友分手，立刻跟你交往，带着你去跟朋友们炫耀，让他们知道，你是一个多么棒、多么受他宠爱的女孩！就像当初他炫耀着自己的正牌女友一样。

我想，当你这么质问他时，他一定会编出很多"身不由己"的理由吧。

＊　＊　＊

你说，是她的男友主动来找你，然后说喜欢你，所以你就接受了。

　　他已经有女朋友，却毫不在乎对方的感受，跑来跟你搭讪，而你也甘之如饴，究竟是抱持什么样的心态呢？为什么你会觉得自己不值得拥有更好的人，宁愿去伤害一个你不认识的女孩？她明明也跟你一样脆弱；然后，你还幻想着赢了她之后就可以得到这份一点也不值得骄傲的幸福。

　　听到身边一些第三者的扭曲言论，我常常都在想："如果第三者与正牌女友的角色互换，她们还会不会坚持着自己的说法？而她们真的能接受这样的理由吗？"

　　不懂得避嫌和尊重别人女友的你们，相不相信"因果论"这种事？

　　我希望每个人都能得到幸福，可是，这种幸福必须正大光明地得到，对于任何人问心无愧，你的快乐绝对不能建立在破坏别人辛苦经营的感情上。

　　一个巴掌是拍不响的，若是没有第三者的附和，这场地下恋情要如何走下去呢？

　　请想想看，自己想要的是一份什么样的感情。如果你渴望幸福，就要保持同理心，在感情里拥有道德观，有原则，有格调，不去争夺别人手里的东西。

就算追求你的男生告诉你，他和女友快要分手了，他们不可能再继续交往下去了！这些都不关你的事。因为你要的就是确确实实单身的他，这么棒的你，根本就不需要贬低自己才能被爱！

相对的，如果当你已经有了男友却又爱上了别人，请务必处理好这段感情，并确认双方都已经认定分手，你再考虑要不要和另一个男人交往。

很多时候，有的男人也只是因为你有男友才想追你，也许因为他们不需要对这段感情负责，不需要尽到男友该尽的义务，不需要给你任何承诺却还是可以轻易地拥有你的身心。这种畸形的案例层出不穷，要是不小心遇上了，也千万别苦苦哀求前男友回头，因为这是你自己的选择，在你选择伤害一个人之前，你本来就该想好会有的后果，而既然你可以轻易地和男友分手，我想你应该也不是多么喜欢他，不如把这当作老天给你的考验，做个有勇气承担后果的人吧！

在这个充满诱惑的世界，第三者不时充斥在我们的身边，每个人都有机会成为第三者，或选择拥有第三者，全看我们怎么看待自己，怎么认定这份感情。

*　*　*

朋友Nia说过一句话："没有你的允许，谁都不能说你不如别人。"我感谢那些曾经在我的人生中出现的第三者，带给我的重重打击和伤害。

因为她们的出现，让我有机会离开错的人，遇到对的人，现在过着幸福快乐的生活。

放手不是绝望，而是新的开始

"放手不是失去，而是终结悲伤的开始。"

几年过去了，当我决定让自己焕然一新后才发现，拥有正向、乐观的能量有多么重要！当你找到了生命中快乐的泉源后，幸福就会随之靠近。

　　"我真是搞不懂，为什么他总是在有女朋友的时候还拈花惹草，处处留情！事后又懊悔地说，自己一时控制不了冲动，都是他的问题，他就是这么差劲……"我和朋友阿怪一起逛街时，他忍不住向我抱怨一位朋友的滥情。

　　"不过，那位朋友数落完自己的罪状之后，却也不曾看他真的改过，总是把自己塑造成悲情男主角，以为自己很有艺术家气息，实际上却一直在做伤害女友的事！女友和他交往了六年，一直等不到他'想要和你携手一生'的承诺。"

　　"也许他并不是不爱他女友，而是天生就这么滥情。"我说。

　　这也让我不禁想到，很多女孩告诉我，她们明明伤心难受，却又离不开那些令她们再三失望的花心男友。她们相信，有一天男友一定会回头、会长大。

　　虽然她们一而再、再而三面对的，都不是自己想要的结果，却还是义无反顾地留在感情的烂泥巴里继续搅和，遥遥无期地等下去……她们认为，离开这段感情后的自己，或许会比现在被困住的情况还要糟糕。

放手不是失去，而是终结悲伤的开始。

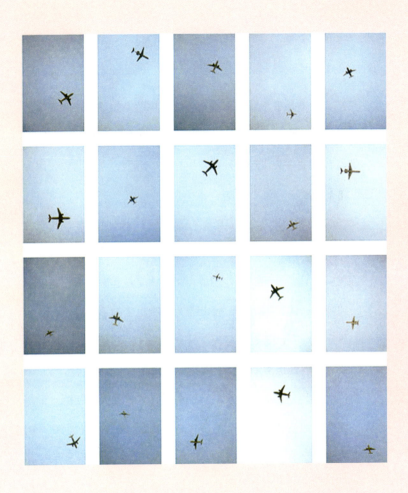

其实，我不是很想要劝那些在感情中执迷不悟的女孩该怎么做才好，因为到了最后，当你彻底绝望之后，自然就会放手。

那些在爱情中会出现的种种"鬼打墙"行为，我都明白，因为我也执迷不悟过。

第一次发现初恋男友出轨，第三者还是我的朋友时，我没有放弃。

即使我们还没分手时，他们就大咧咧地交往起来，男友带着第三者回到我们一起租的房子，脸上的笑容看起来是那么自然，我还是没有放弃。男友一边看不起我，另一边却又说着爱我，告诉我别担心，我才是他真正的未来，所以我不肯放弃。

直到我发现他和另一位女同事交往后，才犹如大梦初醒。记得那天，我愣愣地站在打工餐厅的日式烧烤吧台，回想着我们在一起五年来的种种。

当时，店内的同事怎么喊我，我都完全听不见。最后，我冲出了店门，在马路上失声大哭！因为我再也没有力气去承受接下来可能会发生的任何打击，以及那些不是我想象中的未来，一点点都不行!

我不断想着，为什么我已经给了他自己的所有，他却不领情?

我委曲求全地讨好他，给他最温柔的笑脸，对他说话时也不敢稍微大声，努力变成他喜欢的样子，就怕他觉得另一个女孩比我好……

我一直以为是自己的问题，所以在这段感情的最后两年，我努力调适自己的情绪。但是，为什么我努力了这么久，最后他还是不要我?

当晚，我和老板提出了辞职，并且拜托老板在我离职前替我保密。

结束了这段长达五年的初恋之后，我以为自己没有办法再重新活过来，以为没有他的明天，自己再也睁不开眼睛……

现在回想起来，那时的痛都还太过真切。

而当初为爱而"鬼遮眼"的我会下定决心离开，是因为我无法再回头多看一眼，他那副令我难以置信的模样。

原来，"绝望"真的会让一个人真正彻底地醒过来。

* * *

在《恋爱没有假期》这部电影中，凯特·温丝莱特饰演的女主角之一爱丽丝，默默地喜欢着一位男同事长达好几年，这个家伙在公司举办的欢乐聚会中，也就是要和另一位女同事结婚之前，还在爱丽丝的办公室中与她调情。得知他结婚消息的爱丽丝深受打击，哭了一整夜，决定到远方度假，忘掉那个负心汉。

度假期间，负心汉却惊喜地出现在爱丽丝的住所，爱丽丝以为他回心转意了，所以当晚两人腻在沙发上恩恩爱爱的，直到他说出自己必须赶回去未婚妻身边，爱丽丝才恍然大悟，这个男人只是在玩弄她的感情，枉费她对他付出了这么多。

突然之间，她不再喜欢这个男人了。

当时我有很大的领悟，原来其实人可以在弹指之间就不再为了一个错误的人感到痛苦，可以选择清醒；而那个时刻，就是你对一个人真正绝望的时候。

　　因为我在感情上有过深深的体会，所以，当女孩们向我诉说自己爱得痛苦却又不想离开时，我只能祈祷着，她们绝望的那一天能早点到来。

　　当然，在"不放手"到"绝望"之间，几年的青春又过去了。不管放手这件事有多么艰难，当你放手以后，才能重新开始，拥有快乐的生活。如果不是因为决定放手，我也不会有机会遇见雷门。

　　我曾玩过一个心理测验，它要我们想象自己身处何方。我的答案原本是在一座浓雾弥漫，种满了荆棘、黑色玫瑰的诡异地方，现在则变成充满棉花糖、冰淇淋的花园；此时，天空是粉红色的，远处的小山坡上还有五彩缤纷的泡泡飘着……这是一个很大的转变，虽然我没有一开始就想到花园，但我很庆幸靠着自己的力量，走出了内心的黑暗。

　　这一切要怎么办到呢？你要先让自己跌倒了，之后再爬起来，然后告诉自己，不要走回头路。

　　在感情中受了伤，让我学会从失败的经验中找到维系下一段恋情的方法，不再对于错的人、事、物执迷不悟，或是把渺茫的希望寄托在对方的身上。

"放手不是失去，而是终结悲伤的开始。"

几年过去了，当我决定让自己焕然一新后才发现，拥有正向、乐观的能量有多么重要！当你找到了生命中快乐的泉源后，幸福就会随之靠近。

图书在版编目（CIP）数据

你是我疲惫生活里的温柔梦想 / 百勒丝著. -- 北京：
光明日报出版社，2015.5
ISBN 978-7-5112-7986-6

Ⅰ.①你… Ⅱ.①百… Ⅲ.①散文集－中国－当代
Ⅳ.①I267

中国版本图书馆CIP数据核字(2015)第037988号

著作权登记号: 01-2015-0809

你是我疲惫生活里的温柔梦想

著　　者：百勒丝

责任编辑：李　娟　　　　　　策　　划：好读工作室
封面设计：壹诺设计　　　　　责任校对：李　超
版式设计：小　虫　　　　　　责任印制：曹　净

出版方：光明日报出版社
地　址：北京市东城区珠市口东大街5号，100062
电　话：010-67022197（咨询）　传　真：010-67078227，67078255
网　址：http://book.gmw.cn
E-mail：gmcbs@gmw.cn　　lijuan@gmw.cn
法律顾问：北京德恒律师事务所龚柳方律师

发行方：新经典发行有限公司
电　话：010-68423599　　E-mail：editor@readinglife.com

印　刷：北京顺诚彩色印刷有限公司
本书如有破损、缺页、装订错误，请与本社联系调换

开　本：880×1230　1/32
字　数：150千字　　　　　　　印　张：7.75
版　次：2015年5月第1版　　　印　次：2015年5月第1次印刷
书　号：ISBN 978-7-5112-7986-6

定　价：38.00元